惊匿之歌

李樯·著

南京艺术基金资助项目

作家出版社

图书在版编目（CIP）数据

隐匿之歌 / 李樯著．-- 北京：作家出版社，2024．7 --
ISBN 978-7-5212-2920-2

Ⅰ．I247.5

中国国家版本馆CIP数据核字第2024CU0575号

隐匿之歌

作　　者：李　樯
责任编辑：宋辰辰
装帧设计：老　左
出版发行：作家出版社有限公司
社　　址：北京农展馆南里10号　　　**邮　　编：**100125
电话传真：86-10-65067186（发行中心及邮购部）
86-10-65004079（总编室）
E-mail:zuojia@zuojia.net.cn
http://www.zuojiachubanshe.com
印　　刷：北京盛通印刷股份有限公司
成品尺寸：142×210
字　　数：117千
印　　张：5.875
版　　次：2024年7月第1版
印　　次：2024年7月第1次印刷
ISBN　978-7-5212-2920-2
定　　价：49.00元

窗外的春兰想必开得正盛，一缕钻透肉体的香气随风闯入房间。房间里没有开灯，安静至极，甚至能听见那香气在微风中的轻吟。

月光泻进半掩的门，门内坐着的两个人各有一半照在月光里，另一半隐在黑暗中，就像我们每个人的一生，总有一半隐匿在暗处……

目 录

第一章　病号

1

那天我加班到很晚，整理了好几个具备研究价值的病例资料后才准备离开诊所。大厦过道里的灯已经关了，高楼外的光亮渗进来，勉强看得清通往电梯口的路。我把资料袋夹在胳肢窝里，撮起嘴型，吹着《她的微笑她的爱闹我全都喜欢》的旋律走向电梯。明儿当我把这些资料交到虞澄手上，她一定会开心——“总之她的无礼，她的蛮横都是我想要。她的脸蛋美如水，喜欢吻她的唇”，吹到这句时我突然有种失落，我还没吻过虞澄——她写毕业论文需要这些，而我需要的是她的微笑，就像需要空气和水一样。

电梯门开了，一道光划开水磨石地面的黝黑，门庭洞开，光亮铺成片状。在这片逆光里，一个人走出电梯，差点和我撞个满怀。因为是逆光，我看不清对方的面孔，脑海里却划过一道光。

郝波是专门来找我的。

掐指一算，我们分别已有八年，我都快要忘掉这个绰号“郝娘们”的哥们了。八年来，我的记忆会不自觉地排泄所有和郝波有关的过往，但有些人与事，你是抹除不掉的，它们就像宿便一样顽固地胶黏在脑肠里，藏在脑肠褶皱深处或弯道内侧，任凭时间的水流有多激涌，也不能冲刷殆尽，使它们流向遗忘之海。时不时地，反倒有些沉积的记忆会被卷到日常的水面上来，卷入生活的现场，所以，看见逆光中的郝波时，我脑海里划过一道光。

郝波的形象已经大变，但我还是很快认出他来，过往的一切也像暗涌的潮水般喷涌而出，避之不及……

八年前，我们在庙镇中学共读，一个班，同为寄宿生，住一间宿舍。我的床铺在靠窗的左下铺，郝波在门口的右上铺，这是一个宿舍里四张上下床八个床位里最远的距离，虽然宿舍空间相当拥挤，一只苍蝇的嗡嗡声都能让所有人听见，但大家待在宿舍的时间，尤其是在宿舍里的交流其实很少。五点钟早起后匆匆洗漱，各自奔向教室早自习，接着是早饭时间，正课、午饭和午休，下午课、晚饭、晚自习、睡觉。一年三百六十五天，除了寒暑假或者星期天回家拿换洗衣服，只要在学校，永远是这样的节奏，永远像一个陀螺一样，被紧张的学习生活抽打着，飞速旋转着。你要是懈怠，或者一不当心慢下来一点儿，就会落下一个落伍者，不思进取者的坏名声，甚至遭到生活老师或者教务主任的催促或者挖苦。除了坐在教室里学习，我们所有的动作都得急匆匆的，即便学习方面，面对大量要背诵的单词、公式、知识点，模拟考试时做卷子，也得急匆匆的，否则就会落伍。

所以饮食方面是简单的模式化流程，说白了，有点像养猪场。一个宿舍八个人，每周两个值日生，负责打饭和宿舍的公共卫生。早自习七点二十结束后是早饭时间，值日生打来一桶稀饭，一桶馒头，一碗咸菜，八个人分了，吃完洗刷好就要去赶八点钟的正课了。这当中有四十分钟时间，按理说可以比较从容地吃早点，洗好碗筷再去上课，如果时间盈余，还可以洗了遗精的内裤和臭袜子什么的。但这宝贵的四十分钟，大概有二十分钟甚至更多时间浪费在值日生排队上，所以一到饭前的下课铃声响起，每个班每个宿舍的值日生总是第一个冲出教室，以百米赛跑的速度冲向宿舍，拎上打饭的家伙，再冲向食堂。所以饭点时间一众男生女生的疯狂跑动成了校园里的一大景观，晚饭时则看不到这种景象，因为时间相对从容多了。大家对此都习以为常，见怪不怪，只有不知情的会以为这是一群饿疯了的野猪，殊不知大家都是在抢时间，也好让室友当然包括自己尽快充实饥肠辘辘的身体。住校生们最怕冬天或下雨天，稍微慢一步，就要排好久的队才能打到饭菜，拎着大敞口的饭桶回到宿舍，加上是散热快的铁皮桶，只还有一点热乎气儿是常有的事。至于雨天，雨水落进饭菜里，甚至值日生跑动时迸溅些泥水进去也是常有的，大家心知肚明，但也只能笑纳。

三年高中，我们的早点永远是一桶稀饭，一桶馒头，一碗咸菜。桶是那种漏斗状的铁皮桶，八人份的稀粥有大半桶，馒头是一人两个，没有鸡蛋，没有牛奶，也没有包子油条菜肉合子什么的，永远的标配。掰开馒头，挖一勺咸菜或豆瓣酱夹起来，饿的时候几口就能吞下一个，噎着了便喝口粥送一送。我块头大，又喜欢打篮球踢足球，所以食量大，总也不够吃，总觉得饿。郝波食量小，他经常把一个馒头余给我，有时我会客气一下，把他递过来的馒头掰一半还给他。我对他说，你也多吃点，一个怎么够。郝波连连摆手说，我吃不下，我真吃不下了，你运动量大，你吃吧。他一边说着，还一边心疼地看着我，让人无法拒绝，更主要的是我半饱的肠胃也不想拒绝。到了中饭时间，会多出一只铁皮桶，一桶装着八块表面浮着糟糠末的蒸米饭，或者仍然是一桶馒头，大半桶青菜肉丝汤、西红柿鸡蛋汤或者榨菜肉丝汤。最重要的是一桶连汤带水的混煮菜，品种有芹菜肉丝、土豆片熘肉片、青菜烧肉片、包菜炖肉片等，到了冬天还有冬瓜炖肉片、白菜粉条炖肉片、萝卜烧肉片，总之永远是肉片，而且你永远也别想见到一块厚度超过五毫米的肉片，更别妄想肉块了。虽然我们的进食模式跟养猪场差不多，但饭菜比猪食强多了，而且对于我来说，那种大锅菜永远都那么香，真香。可是我总也吃不饱，我总是期待负责分饭的值日生能考虑到我的块头大、食量大的因素，把看上去似乎最大的那一块米饭分给我，把肉片相对密集的那一勺子菜舀给我。如果他胆敢分给我看上去最小的那一块，我是不会答应的，我会瞪大眼睛瞅着他，甚至咕哝一声，直到他给我换一块看上去相对大的。但是张阳的块头比我还威猛，比我更能吃，这让那些相对弱小的值日生头痛不已，经常战战兢兢。当然，大多时候我是不会较真的，毕竟是一个宿舍的同学，不管亲疏，将来如何分崩离析，大家都是一辈子的兄弟，做人不能那么抠搜。

轮到郝波值日时，他是一定会把最好的饭菜分给我的，动作干脆利索，表情理所应当，为此张阳没少咕哝或者瞪他，两人的关系有些紧张。郝波还经常来到我面前，不容分说地把一小块米饭拨拉到我碗里，然后再把仅有的几片较大的肉片舀给我，他的菜里就只能看见几乎看不见的肉丁儿了。我留下了肉片，把米饭还给他，并以一种训斥或命令的口吻对他说，你给我吃掉，吃那么少怎么行。郝波并不买账，掉头就走，扭着圆滚滚的屁股走回到门口位置，坐到下铺同学的床上继续进食。他有时会说，人家吃不下嘛，你要是不吃，倒掉算了。或者是，你总是那么瘦干干的，多吃点，而我需要减肥。

这小子块头比我矮大半头，胖乎乎圆溜溜的，脸面白白净净。郝波的确很白，夏天在卫生间冲凉的时候，你就能看到他浑身比脸蛋子还白，是那种开水烫过的死猪肉般的白。他的屁股白大丰满，不时颤动着，路过他旁边的时候，我总会忍不住伸出巴掌，在那上面左右开弓，恶狠狠地扇几下子。郝波一边揉搓着头发上的泡沫一边跺几下光着的脚，嗔怪我说，你坏死了，看把人家屁股都打红了。说着还扭过头去，欣赏自己屁股上的两片红晕。

我没搭理他，更懒得回应他借着满头满脸泡沫的掩护瞥视我的裸体和一身腱子肉时的眼神。这个被大家叫作“郝娘们”的家伙，在我眼里就是个百依百顺的女奴，一个小婊子。

2

我跟虞澄是乌城大学心理学系的研究生，我读研二，虞澄已经研三了，也就是说，她是师姐。

我本来学的是乌大美术学院的装裱专业，成绩平平，对装裱这门手艺我也毫无兴趣，更没什么心得。当初上这个专业也是迫不得已，混个学历而已。大四一开学，同学们开始为就业发愁——有关系有背景的例外——这专业，谁要啊！大部分同学开始琢磨着考研，意向不拘，考个跨专业的研究生，说不定能有更好的出路。这时的我仍然懵懵懂懂，脑子里一片云雾。

是虞澄拨开了这片云雾。

第一眼看到虞澄时的情景，使我想起多年前曾经做过的一个梦。梦里的时间是我上中学期间的一个夏天的正午，暑假里，我阴差阳错地溜达进空荡荡的校园，烈日当头，地面像要被烤焦了，蒸腾着热气。我不自觉地踱到宣传橱窗边，想借助它的阴影躲避一下太阳。橱窗里贴着学生们书法比赛的作品，也不知道张贴出来多久，纸边儿都有些泛黄了。一个长头发的女孩蓦地出现在橱窗前，穿着白色的蝴蝶裙和半高跟凉鞋，露在裙子外边的两条手臂和小腿匀称而光洁，甚至有一些耀眼。她很安静，像一只歇息在枝头的白色蝴蝶，安静又动人。阳光涂抹在她身上，斜射在她笔挺的背部，反射出光芒。一阵风吹来，裙子贴紧她的身体，她的肢体闪现出一道耀眼而又模糊的边痕。我正想上前，以便看清她的模样，突然刮起一阵狂风，女孩被吹走了，根本来不及看清楚。

遇到虞澄的那个午后，多年前的这个梦境照进了现实。

那天午后，天气依然灼热，我正在校园里百无聊赖地徘徊——那时的课程已经不多，整日里无所事事，怪无聊的。我路过一片橱窗，橱窗里贴着学生们书法比赛的作品，有我的一幅钢笔字。我有些激动，因为一个女孩正站在橱窗前欣赏我的作品。白色的蝴蝶裙，半高跟凉鞋，匀称光洁的手臂……一阵风吹过来，裙子贴紧她的身体……我的脑袋像被一把小锤子的锤尖敲击了一下，一层泥垢般板结的硬壳被打碎，许多年前的那个梦跳了出来，梦中的那个女孩，正活生生地伫立在距我三尺开外的近前。而且我终于看清了她的模样，很多年前出现在梦里的那个女孩，应该就是这个样子！

打听到她的名字并不难，虞澄，心理学界领军人物刘奎浩教授刚刚招收的研一学生。那好吧，就让我也来考取刘奎浩先生的研究生吧！我要把这个女孩变成可以朝夕相处的人。

我开始了毕生最为努力的一段学习生涯，并且死乞白赖地央求父母出钱，不惜重金报了个考前辅导班。时间已经很紧张了，只有三个半月了，我只有夜以继日地拼命补课。从晚上到凌晨，从早晨到傍晚，我不想睡觉，不在乎饥饿，困了就趴在桌子上瞌睡一会儿，饿了就啃几口从食堂买来的肉包子，喝几口白开水。虞澄，我来了，每次从瞌睡中醒来，或者咽下一口似乎有些馊了的肉包子时，我都对自己来这么一句。

很快我的身体就垮了，我怀疑自己那段时间甚至患上了失眠症、厌食症，头发开始一把一把地掉落，包子实在咽不下去了，食堂里的饭菜一吃就吐，肠子和胃都要吐出来了。我没事，我抹掉嘴角反刍的胃液和眼角的泪水，对好心相问的同学说。我是多么振奋呵，为了挺过去，我只好强迫自己每天去操场跑步，起先跑两圈，后来加到三圈、四圈，直到二十圈，风雨无阻。即使下大雨的时候我也跑，在大风和雨水里我张开双臂，对着阴沉的天空又喊又叫，师姐，我来了。

我一边奔跑一边呼喊着，兴奋难当。

还有一项每天必做的功课，就是躲到虞澄宿舍楼前的树丛里，看她出现在窗口，晾晒她的鞋子、袜子和那些可爱的小内衣，偷窥她模糊却又清晰的脸庞。除此之外，我跟虞澄还没有丝毫交集。

还记得复试时，导师问我为什么要报考这么一个专业时，我支吾了半天。我当然不能说是冲虞澄来的，心下一急，就说出我热爱心理学，想在这个领域奉献毕生精力这样肉麻的话来。导师扶了扶鼻梁上的镜框，点点头说，好吧，你可以出去了。

所以一成为虞澄的师弟，我就向她表白了，并且向她讲了我的梦境和所有的努力。虞澄看上去一点儿也不感动，甚至还有点儿被吓到的样子。当时我正和她一起上解剖课，兔子已经解剖完毕，血肉模糊，乱糟糟的一团。虞澄让我收拾停当，自己先逃也似的冲出实验室，等我跟出来，来到清洗间，虞澄已摘下面罩，仍然罩着白大褂。她正在洗手，反反复复地洗了三遍，每一遍都极其认真，甚至小心翼翼，生怕有点儿什么没有洗掉似的。我只囫囵吞枣地洗了一遍就完事了，虞澄不答应，要求我也洗三遍，否则必须离她三米远。我嘟囔着，解剖的时候不是戴着手套吗，师姐你是不是有洁癖啊？虞澄怔了下，又愠怒地瞥我一眼，我赶紧赔笑，我洗还不行吗？我便站到虞澄身边，学她的样子清洗双手，一边清洗一边跟她讲了我的梦境和考研经历。不觉间，虞澄的眉头拧了起来，我打趣说，是不是被感动到了？虞澄似乎从一种恍惚的神游中回过神来，缓缓说，别废话，好好洗手。

擦干手，虞澄又用一支金属镊子夹着酒精棉球擦拭手心手背和手指，接着又换一粒，擦拭另一只手。一粒、两粒、三粒，当她还要夹取第五粒酒精棉球的时候，我抓住她的手。够干净了，师姐你不会是被我吓到了吧？虞澄没有看我，也没回应，只是抽出了右手。

我说，你不置可否，就是答应喽？！

虞澄脱掉白大褂，搭到衣架上，面无表情地对我说，我回宿舍了，晚上要不要一起吃饭？

不要，你不答应，便不需要。我撒娇道。

虞澄叹了口气，用一种沧海桑田般的眼神盯着我看了许久，接着又用一种同样沧海桑田般的语气说，小屁孩，你懂什么是爱?

虞澄一边说着，一边把更多未使用的酒精棉球塞进一只密封袋，装进包里就先离开了。

3

我和郝波来到深夜咖啡馆，这才来得及打量他。“女大十八变”，虽然年龄不对称，郝波这八年来的变化却让我几乎认不出来了，要不是那依然惨白的皮肤，那双有着五分女性阴柔气的眉眼，薄而红润的嘴唇和带着几分挑逗意味的微微上翘的唇角，我怎么也不能相信，眼前这个身高又拔高一截，先前的团下巴变成了锨头形，身材也不再圆滚的青年是当初的那个“郝娘们”。

上大学后，居然又长了五公分，不过还是比你矮好多哦！郝波对自己的这一变化显然挺满意。

通过简单攀谈，我才知道郝波的父母原来一直在乌城做小本生意，并且购置了房产，郝波大学毕业后也就来了这儿，在一家上市公司做企划工作，待遇还不错，只是现在正处于辞职状态。

嚯！原来你才是真正的乌城人，而我十之八九就是个过客。

也不是啦，老家的房子还在，只是很少回去，你呢？

我，我很可能去广州。没必要告诉郝波关于我和虞澄的事。虞澄来自广州，已落实一家接收她的医疗单位，不出意外的话，她肯定是要回广州的。而我凭着读研期间一直在导师创办的心理咨询诊所的工作阅历，加上这门学科还比较冷僻，社会需求正在上涨的势头，毕业后去广州找份工作应该不是难事。

那么远，是找好单位了吗？

没，还没，只是意向，还是说说你吧，你前年就来乌城了，怎么直到今天才想起来找我？

要不是找你看病，我恐怕一辈子也不会联系你了。

看病？我的声音有点儿大，好在咖啡馆里的人并不多，也没人在意我们。我狎昵地笑了笑说，不会还是八年前的情况吧，看你现在应该过去了呀！

郝波陷入沉默。我们的思绪共同回到八年前的庙镇。

我先前说过，郝波跟张阳两人的关系有些紧张，这一紧张关系绝不是因为分饭菜，大家住一个宿舍难免会发生磕磕碰碰等各种不愉快的小事那么简单，而是与我们三个人有关。它讳莫如深，它难以言传，所以我还是通过事件经过试着还原一下吧！

事件的导火索源于一场下午的球赛。

那天下午的天色灰蒙蒙的，虽然开春了，依然寒气袭人。郝波跟一帮男生站在足球场外围，分别为两支球队呐喊助威。我穿着背心短裤，在球场上横冲直撞，那叫一个野。

郝波在场边手舞足蹈，提醒着我传中、突破、小心侧后卫等，嗓子都喊哑了。射门，射！你射啊！郝波声嘶力竭，我根本听不见，也懒得搭理他的种种提醒，任由他在场边像一只叫春的母猫那样手舞足蹈地嘶喊。他的举止甚至令我感到耻辱，看看他那副样子吧，身体要炸了似的，双腿似乎在抽筋，一边筛糠似的颤抖着一边迷乱地舞动双臂，声音也没人样儿了，尖细而轻狂。

就在郝波走神的当儿，我突然进了一个球。按照以往进球后的惯例，我会冲向郝波，而他也会张开双臂，夹着永远也打不开的双腿，迈着小碎步，像一只肥胖的蛾子一样飞过来，紧紧抱住我，憋足了劲儿把我抱起来，原地转三圈，再把我放下，然后我跑回赛场，把满脸通红的郝波撂在场边，让他继续嘶喊。他也总会在身后来上这么一句，李睿李睿，英雄英雄！

然而那一次，当郝波回过神来，张开双臂飞奔向我，而我也正要奔向他的时候，同队的张阳突然蹿过来，从后面拦腰抱起我，也原地转了三圈，以表兴奋和祝贺。郝波怔在那里，那样子就像他是一个球门，冷不丁被张阳恶狠狠灌进一球，而且是先打在门柱上又猛地弹射进去的，令人猝不及防，令人生疼而且心有余悸。等张阳放我下来，我们又面对面紧紧抱在一起，并猛烈地、有节奏地冲撞对方，同时嗷嗷叫着。

郝波一个急刹车，愣在那里。

比赛继续，郝波还愣在那里，裁判朝他吹哨子，示意他离开，他居然没注意到。张阳冲过去，嘴里骂着脏话，又飞起一脚，差点儿没把郝波踹倒，他这才回过神来，夹着双腿缓步走回场边。

天空变得更加阴沉，一大块乌云迎头压下来，似乎要下雨了。郝波不再嘶喊，站了一会儿，便转身离开了，背影无助而伤感，而身后的欢呼声和哨子声此起彼伏，仿佛都是对他的嘲笑。

你们两人那个样子，也是可以理解的。事后，郝波跟我来了这么一句没头没脑的话，我也没放在心上。只是郝波似乎变得多愁善感起来，还特别紧张起张阳的行踪，尤其是我们两个一起的行踪。这种紧张的极限大概是两个小时的时长范围，也就是说，两个小时内，或者我，或者张阳，或者我们两个都间歇性地或者一直处在郝波的视线范围内，他则是轻松自然的，像往常一样安静，乖巧，时不时地跟我撒个娇，卖个萌。如果我和张阳同时消失超过两小时，郝波就不行了，他会到处寻我。好在校园不大，而且能待的地方也就是篮球场、足球场、教室、寝室、厕所这么几个有限的地方，他总能比较容易地发现我的踪迹，或者在找我的过程中看到张阳的身影，都会使他平静下来。

然而不幸的事情还是发生了。有整整一个下午，郝波都没看见我或者张阳，一下课，他就满校园地找，宿舍、厕所，甚至连操场旁的那片蒿草丛也没放过。能找的地方都找了，就是没有我和张阳的踪影，哪怕只有一个。郝波又跑出校园，来到了大街上，这么大一座镇子，这么多的街巷，他到哪里去找啊。郝波的两条腿都跑酸了，最后只好一个人蹲在街边哭泣，比一个失去孩子的女人还伤心。

这些都是郝波事后告诉我的，他还告诉我，那一夜他都没睡着觉，生平第一次失眠。直到熄灯，我的床铺空荡荡，张阳的床铺空荡荡，就跟郝波的魂儿一样，空荡荡。那一夜他想了很多，甚至想到了他这样子到底算什么，这样子到底对不对这个问题。他还是第一次思考这么艰涩的问题，一夜也没想明白，不过，这个问题的分量还不足以阻止他的焦虑和抓狂，所以我们的郝波承担着的是双重心理折磨。

第二天，郝波仍然没看到我跟张阳的影子，他继续失眠，继续被折磨着。

第三天一早，郝波先看见了张阳。刷好牙洗好脸，他从盥洗间出来，有些晕乎乎的。连续两个夜晚的失眠，他已经被折磨得够呛，浑身没劲儿，就快要崩溃了。他勒着头，差点儿撞到一个人的怀里，一抬头，天哪，这不是张阳那个狗杂种吗？他像一头等待敌人等了很久的母狼，嗷地叫了一声，不由分说便猛扑了过去，嘴里还咋呼着，你个强盗，你个骗子，你把李睿拐哪去了，还给我，还给我——事后，不明所以的同学们都劝慰郝波，你也太自不量力了，就算你是一头狼，可张阳是什么人，人家可是庙镇中学最能打，最凶残的雄狮，何况你不是一头狼，你只是一只羊，一只不公不母的小绵羊。所以当时，郝波只看到张阳的鼻子被自己打出的血和对方迅速暴怒起来的脸孔，接着是一道闪电般的拳头和耳门的一阵嗡鸣，马上就晕倒了。

郝波醒来的时候，张阳居然还没停手，正卡着他的脖子，将他摁在五楼的阳台上，看那样子似乎想把他推下去。下边是坚硬的水泥地，乌黑的臭水四溢，摔下去非死不可。郝波的脸憋得通红，可能晕死的时候又被张阳捶了几拳，嘴角鲜血直流。阳台上挤满了看热闹的人，却没有一个人上前制止，平时，大家伙儿也没啥机会看到这样血腥又过瘾的场面。

那两天，我请假回家参加五爷的葬礼了，一早回到学校，就看到了这血腥的一幕，赶忙上前拉开张阳。郝波已经快要被张阳掐死了，视线迷离，气若游丝，只是看见我的时候，他那夹杂着恐惧和莫名焦虑的神情一下子平静下来，泪水夺眶而出。

郝波的口腔内侧被张阳的拳头砸出一道长长的伤口，又深又长，导致他个把星期都没法进食，只能喝点粥，实在饿的时候只好强忍疼痛，用另一侧嚼食几口馒头。这期间我为他打过两次开水，帮他喷过一次西瓜霜。看着那道伤口，我不禁骂了一句张阳，狗日的下手真狠。郝波一边用手掰开自己的嘴巴让我喷药，一边咕哝说，要不是够不着，我肯定能把狗日的鼻子揍歪。

郝波康复后没多久，因为家里的安排，我就转到另一所学校去了。我谁也没给说，包括郝波。

4

经常性地，虞澄一到周末就跟我玩起了失踪，哪里都找不到她。不在宿舍，不在导师那里，也不在操场、图书馆或者游泳馆，没有人知道她去了哪里。我满校园找她，甚至跑到校外的公交站台蹲点守候，在进入学校大门路边的橱窗前徘徊。那里面更新的报纸、公告等一些信息，被我看了一遍又一遍，有的我都能背下来了。终于，一个周日的下午，我等到了周五晚上就失踪的虞澄。当时我正站在橱窗边阅读当天的报纸，虞澄悄无声息地来到我旁边，没吱声，但我一下子就闻到了她的气息，我的爱人终于出现了。我抓住她的胳膊，怒目圆睁地问她去哪里了，你是要急死人吗？接着我又委屈起来，像个被妈妈抛弃了三天的孩子，眼睛不禁变得湿润。虞澄帮我理了理额前被风吹乱的头发，眼睛里充满柔情，但对自己的行踪仍然讳莫如深，脸上甚至有种茫然不知所措的不安。

我问她，是不是我让你心烦了，想一个人清静清静，要是这样的话，你直说好了。虞澄摇头否认。

原来虞澄去了大学同学那里，说是最好的闺蜜，在北郊山里，路挺远，所以去一趟都会在那里住一晚两晚。我说，你怎么从来没告诉过我你有个要好的闺蜜，她叫什么名字？虞澄避而不谈，抱着我的胳膊说，你不是要看《蓝月亮》吗，我们现在就去录像厅吧。我责怪虞澄，你去闺蜜那里，至少应该跟我说一声，免得让人家着急。我表示出对她闺蜜的好奇，希望她也能带我一起去她闺蜜那里玩儿，或者邀请她来学校玩儿，一起吃吃饭，看看电影。虞澄像是没听见我说的话，甚至有一丝丝不那么容易察觉的不耐烦，她矢口不提闺蜜的名字，也从不跟我讲她跟闺蜜的任何事儿。

我跟师兄住一个宿舍，他是从一个三线城市的师范学校教师岗考过来的，脱产学习，毕业了还要回原来的学校工作。他在那边已经谈了女朋友，所以经常回去，她女朋友也经常来看他，短则三两天，长则十天半月。这时候我就只好把二人宿舍留给他们用，到同学或朋友那里凑合几天。女朋友走时，师兄的脸色总是阴青的，好长时间都恢复不过来。有那么几次，我实在没地方去，会拉上虞澄去看通宵电影，她一般都会中途睡着，我只好抱着她，让她尽量睡得舒服点。我摩挲着她的手腕和脖颈的皮肤，光滑细嫩，柔软温润，世上再没有比这更令人着迷的触感了。我忍不住勒下脑袋，趁她睡着了亲吻她的面颊，嘴唇——说起来丢份儿，她清醒的时候，还没允许过我吻她——世上再没有比这更美妙的触感了。

而这点进展在师兄那里简直不值一提，太小儿科了。他不无讥讽地对我说，李睿你小子可真能耐啊，既然虞澄接受你了，怎么还天天手淫，满屋子一股子腥味，恶心死了。我白他一眼说，怎么办呢，要不下回，你女朋友过来时借我发泄发泄。

说起来这些还是研一下学期的事，到了研二，导师便要求我去诊所帮忙，做他的助理，事情还挺多的。虞澄面临毕业，所以没去诊所帮忙，只要求我输送和她毕业论文有关的案例，以便发挥。而寒假过后，除了论文答辩时回了趟乌城，她一直待在广州，在已经落实的单位实习，所以我们其实聚少离多。

寒假前一天，师兄已经先回了，我邀请虞澄来宿舍聚餐，为她饯行，虞澄爽快地答应下来。我跑到校外，买了她爱吃的蛋挞、烤鸡翅、意大利冰淇淋，还有几味广州人早茶常备的小吃，有凤爪、虾饺、叉烧等，外带一打啤酒，是那种便宜的易拉罐啤酒。为了制造气氛，我故意不开头顶的荧光灯，又用绿格子的桌布把台灯遮挡起来，再把我和师兄有时喝茶用的折叠圆桌用上，中间放一空酒瓶，插上根蜡烛。电暖气开到最高挡，房间里很快就暖烘烘的，春意融融。

天擦黑时虞澄到了，一进门就解下围巾，掸身上的雪花。外边下雪了，她一边说着一边跺掉鞋子上的积雪，摘下肉粉色的针织帽。我接过她的帽子和围巾，还有大衣，顺手扔到我床铺叠得方方正正的被子上，她又捡起来，挂到门后的衣帽架上。我来到窗边向外看，果然下雪了，还不小，树梢和房顶、路坡上已经有了一层薄薄的积雪，在暮色中已然清晰可辨。待会儿我们去雪中散步吧，我想这么说来着，但话到嘴边又咽了回去。作为一个南方人，虞澄喜欢雪，这我是知道的，但我更珍惜这难得的在一个我非常熟悉的私密空间里跟她独处的时光。

虞澄见室内光线比较暗，就打开荧光灯，顺口吹灭了蜡烛。虞澄说，都是烟尘，点这玩意儿干吗，土老帽。我本来想执拗地关掉荧光灯，重新点上蜡烛的，听她这么一说，也就放弃了。我让虞澄坐到为她垫了一层保暖坐垫的对面，打开两听啤酒，递给她一听。她接过去，刚要跟我碰杯，忽又想起什么来，便放下啤酒，从包里翻出一只小塑料袋，从里面捏出实验室里顺出来的酒精棉球，开始擦拭餐具，无非是一次性筷子、简易塑料餐盘和勺子，最后用一只棉球擦了擦啤酒罐的沿口。看着她做这些，我只好无奈地笑，直到她擦拭完毕，眨巴着眼睛向我举起易拉罐碰杯。

吃东西的时候，我说起那些浸泡棉球的酒精不一定是食用酒精的话题，虞澄说，管它呢，总比没有的好。很显然，虞澄有洁癖，并且进入到强迫症阶段了，两年的专业学习和一年多的诊所实践，我可以肯定地下这个结论。但虞澄不可能接受我的建议，让我介入对她的治疗，或者由导师亲自介入。每当我试探性地说起这个话题时，虞澄总是莞尔一笑，说你放心吧，我有数的，我也就不再提了，毕竟我们还没有朝夕相处地生活在一起。

我们很快就喝干一听啤酒，接着是第二听。我以为一听下来虞澄就会有几分酒意，两听下来，不醉倒也得有七分了，然而事与愿违，虞澄酒量好得很，我都有五分醉意了，她却一副完好无损的样子，有限的酒精根本无法摧毁她的意识，或者唤醒她身体里和我完全不对等的期待。喝完第三听的时候，我不愿意再喝下去了，再喝下去我就什么都干不了啦。虞澄又喝了一听，看着桌面上的杯盘狼藉说，你陪我下去走走，我们去看雪吧。我四仰八叉地歪倒在床上，脑袋枕着被子，朝虞澄伸开双臂说，我醉了，抱抱！虞澄双臂支撑着床铺，俯到我身上，温热的鼻息带来一丝微痒，同步而来的还有积累了很久的渴望。我猛地抱住她，顺势翻滚，把她压到身下。我们亲吻了一会儿，当我想要动手动脚的时候，她突然一用力，从我下边翻到上边，随即起身，穿上大衣，裹好围巾和帽子便离开了。

5

我跟郝波并肩走在夜晚的街头，星星隐退，夜空幽深。在单位，凭着实力，他已经成为部门骨干，但不喜欢这份工作，所幸两年前认识了现在的女朋友，姓廖，叫廖静，来自哈尔滨。

那时郝波刚工作，廖静也刚毕业，应聘在一家大型国企的媒体中心，名义上是记者，实际上写稿子、出镜、剪辑、播报的活儿都要干，经常忙不过来，不过还算得心应手。那天傍晚，她从市中心的一家宾馆匆匆跑出来，在楼下拦车。郝波也在等出租车，这时一辆空车过来，廖静冲上前去，对郝波说，这位先生，我要赶回单位拿份材料，很着急。郝波说那不成啊，我正好也有急事。廖静急了，说你一个男人，就不能绅士点。郝波笑了，问廖静要去哪里，两人原来是同一方向，于是一起拼车，郝波说车费我包，这下你满意了吧。廖静说这还差不多，两人上了车，在车上交换了电话号码，这就算认识了。

父母巴不得郝波跟廖静赶快完婚，郝波迟疑不决，总是避免和家人谈及婚事，或者寻找各种借口搪塞过去。在跟廖静的关系上，郝波似乎从来没有过多苛求，他甚至从来不触碰廖静的身体。并不是不想亲近廖静，郝波是无法忍受自己，当看见廖静在夏天裸露出美好的四肢，当廖静用四肢缠住他，他感受到的不是激情或者欲望，而是一种莫名的慌乱，或者说恐惧。对自己的恐惧。当他看见廖静在淋浴房水雾中朦胧的身段，他会选择避开，或者视而不见。有一次廖静赤身裸体地钻进郝波怀里，他吓得几乎钻到床底下，惹得廖静笑出了眼泪。她瞪着郝波坚挺的下体，笑着说亲爱的，你太可爱了。

由于这种隐秘的近似于屈辱的对廖静的拒绝，郝波的状态越来越差。他感觉自己就像这城市上面的天空，混沌，阴晴不定，每遇到阴雨天，都会感到胸闷，尤其是下雨的前夜，气压一变低，他就会感到呼吸困难，就会失眠。他像阵雨前的鱼群那样焦躁不安，纷纷跃出水面，以为能呼吸到更多的空气。可是鱼群错了，它们的空气在水里，就像郝波的快感在屈辱的隐秘中一样。

郝波试图通过自己的努力改变这种状况，就到游泳馆去，但只去了一个星期，就再也不去了。去游泳馆的那几天里他夜夜做梦，到处都是上下翻飞的胳膊、大腿，男人的，女人的，小孩的，有的粗糙多毛，有的细嫩光滑。最后他总是被一堆白森森的骨头吓醒，各种上下翻飞的肉体仍然萦绕脑际，令人虚脱。

他又参加了公司的足球队，为了增强体力，有时也去跑步。他因此更加害怕一个人的夜晚，孤单和情欲常常折磨得他彻夜难眠，第二天精神不济，工作多少会受到影响。有一次他驾车载领导去随州出差，住在大洪山温泉宾馆，景致倒是怡人，可是他白天要兼任司机，晚上还要替领导挡酒，三天下来已经疲惫不堪。这时他接到父亲的电话，说母亲得了急性肠胃炎住院了。其时已是晚上十点，郝波要驱车赶回乌城，领导却不让他走，说肠胃炎又死不了人。郝波恨不得上去踹他几脚，还是忍住了，坐下来继续陪领导和客户喝酒。领导见他闷闷不乐的样子，更不高兴了，当着众人的面向他发难。郝波坐在 K 歌房的角落里，隔着眼镜片，恶狠狠地瞪了一眼。领导站起来，把一杯酒泼到他身上，骂骂咧咧地说了一通，无非是你能做到部门主管，还不是由我分管，我能让你上来，也能让你下去之类的废话。郝波在想象中把杯子掼到对方脑袋上，砸得他头破血流才叫一个解气。郝波在众人的劝解中站起来，掸了掸身上的酒水，径直走出 K 歌房，当夜便开车回了乌城。五个小时的车程，所幸满腔的屈辱和怒火支撑着他，一路都没犯瞌睡。直到天亮，郝波才把车子开到母亲所在的医院。母亲已经手术，还在观察室，父亲让满面倦容的郝波回家休息，郝波不肯。一直等到傍晚，母亲从观察室出来转移到病房，安慰了她一番，郝波才回家。其间公司办公室不断来电，郝波一律拒接。他在单位里没什么朋友，知道这些电话无非是气急败坏的领导指使打来的，所以干脆不接。最后他收到大领导的短信，问他怎么回事，尽快回公司说清楚。郝波并没有说母亲住院的事，只回复说，就是突然不想干了。

就这样，郝波放弃了他体面的工作和相当不错的收入。

让郝波无法忍受的并非工作上的际遇，而是廖静在自己内心世界的角色和命运，这才是他主动找到我寻求心理治疗的原因。我也因此很快见到了廖静，对她挺有几分好感。不知道为什么，看到廖静，我又想起师姐虞澄。

第二章　惹尘埃

6

虞澄上了五年高中，当中休学一次，耽误了一年，还有一次是她差点儿去少管所待三个月，虽然没进成，但又耽误了一年，所以别人三年的高中时光消耗了她五年的青春期。也不能说她整整浪费了两年时间，而且我得感谢这两年，否则我们很可能就此错过，在茫茫人海中，谁也没见过谁。

第一次休学是高一，再也过不下去的父母离婚了，虞澄开始厌食，自闭，不愿意去学校。母亲拿她没办法，倒是父亲依然关心这个判给了母亲的女儿，常常带她天南海北地旅游散心，一来二去，学校不干了，通知家长说既然这样，你们干脆就申请休学一年吧，跟下一届的新生重读高一，父亲二话没说就给她办了手续，为此母亲跟他大吵一架。

由于经常出门在外，虞澄的厌学症有所好转，来年果然正常复学了。父亲希望虞澄跟他住，母亲倒也无所谓，但虞澄不愿看见父亲的后继，她是第三者插足。虞澄仍然跟母亲住在一起。相安无事过了两年，眼看进入高三，别人都紧张起来，偏偏虞澄不着调，不管老师怎么严厉，她就是紧张不起来，有时上课上到半截，她突然就抓起书包离开教室，把愕然的同学和试图阻拦的老师甩在身后，有时书包也不拿，空着手离开。老师和同学都视之为奇葩，但渐渐地也就见怪不怪了。有时她干脆一整天不去学校，老师问为什么没来，她回答说没有原因，就是不想来呗！这事儿把母亲整得几近发狂，只好不断地跟老师道歉，对着虞澄发怒，吼叫，虞澄就当什么都没发生一样。母亲把怨气撑到她爸身上，虞澄父亲呵呵一笑，觉得这没什么大不了的。青春期的孩子嘛，有点儿叛逆，大人应该予以充分的理解，甚至当班主任把他叫到学校，想要教训教训这个不着调的家长时，也被他抢白了一通。虞澄父亲说，要不你们开除她？可是我女儿的成绩好，年级排名是个尖子生，将来不愁考不上大学，你们凭什么开除一个优等生呢？平时，老师都权威惯了，加上绝大部分家长对老师都是一贯的点头哈腰，唯唯诺诺，所以绝大部分老师也都养成了一种习惯，面对家长跟面对学生一样，都是居高临下的姿态，你要这样这样，不能那样那样。虞澄父亲来劲了，一摆手说，我不用你教训，能把孩子送进这个学校的家长，哪个都不差。为了缓和气氛，虞澄父亲又赔笑，对老师说，咱们都是成年人，谁心里还没个数，这孩子在课堂上学的东西，对她将来的工作、生活有个屁用。老师本来也是出于一片好心，想让家长配合，约束虞澄把精力、心神放到学习上，来年还是有希望考上北大、清华这类名校的，可是虞澄父亲这话一出口，老师就不说话了，只摆摆手说，你走吧，将来你家女儿爱咋咋的。

父亲牵着女儿的手离开学校，带她去羊城最高的绿洲大酒店顶层的旋转餐厅吃了一顿昂贵的西餐，并问女儿想去哪里散心，撒哈拉大沙漠、阿尔卑斯山，或者去北欧看极光，你随便挑。虞澄说，我哪都不想去，没意思。父亲笑了，刮了一下她鼻子说，我的闺女，必须这样，酷就完了。虞澄说，我跟你一样，都是没心没肺的主儿。父亲又笑，说将来你愿意出国，老爸就送你出国，你不愿意，就考个中山大学，手到擒来的事儿，所以我一点也不担心你。虞澄看着落地窗外的城市街景，撇撇嘴说，还在本地上大学啊，你就是想把我一辈子扒拉在身边，想得美。父亲欲言又止，他意识到，女儿长大了，要飞走了，飞到哪儿，他也管不上。他又问女儿是不是谈恋爱了，虞澄摇头，坦然说，经常收到情书，这事儿你知道，可是你看那些小屁孩，幼稚得可笑。

虞澄其实是陷入了一种莫可名状的厌倦，这座城市，学校，居室，如影随形的母亲，一切都变得了无趣味，甚至对未知事物的期待也变得无趣。

不知从何时起，只要是周末、寒暑假时间，虞澄一律被母亲要求待在家里，不准外出，不准进厨房，不准打开冰箱拿水果或者饮料……各种不准，理由很简单，你每做一个动作，都会把自己弄脏，或者你把别的东西弄脏。这个世界太脏了，这是母亲的口头禅。家里很多东西都被她用塑料袋包起来，比如各种遥控器。想开空调的时候，虞澄自己不得动手，要由她动手，再放到固定位置，别人不准动，想把温度调低或调高一点都不行，除非她来调。理由还是很简单，她动过的东西，别人再动的话，就会形成交叉感染。电视也是这样的，虞澄从来没摸过遥控器，更不能去摁电视机上的按钮。母亲选定一个台，就得一直看下去，所以虞澄从小到大一直看的是中央六套，或者母亲大人开恩换到中央八套，不是电影就是连续剧，虽然好看的不多，但好歹有得看。

也不是没有母亲不管的区域，比如虞澄自己的房间，必须自己打扫，枕套、被褥必须自己洗晒自己收，衣服鞋子就更不用说了。洗衣机只准用来洗洗窗帘、沙发套什么的，其余的东西都要手洗，不准放到洗衣机里，那样也会交叉污染。虞澄打小就养成了洗东西的好习惯，家里每个人都是洗东西的一把好手。

关于洗东西，暖和的天气还好，天冷的时候，尤其是冬天，双手很快就会被冷水浸到麻木，失去知觉，根本无力去拧干衣服。更糟的是母女俩都因此得了冻疮，冬天一到，不免人心惶惶，可是母亲一点也不怜惜。后来母亲不知道从哪里得来一个土法子，冬天一到，她就煮一大锅辣椒水，母亲和虞澄每人一份，双手浸泡十五分钟，连泡三次，冻疮果然不再复发。每次浸泡完毕，虞澄都泪水涟涟，不免失声尖叫。她的小手灼热难耐，犹如插着千把根钢针，有的甚至刺进了骨头。睡觉的时候，双手必须伸到被子外边，如果捂在被子里，很快就烫得难以忍受，无法入睡。

擦地用的抹布不得混淆，并且各自有自己负责的地盘，母亲负责客厅、卫生间和卧室、厨房、阳台、储藏间等，虞澄只要打扫好自己的房间就可以了。另外她被允许进入书房，这是因为阅读的需要，但绝对不可以进到厨房、母亲的卧室，那是她的领地。所以家里虽然宽敞，但能走动的空间是有限的，有时趁母亲不在，她会钻进厨房，拧开洗碗池上的水龙头，任凭自来水哗哗流淌，或者打开从来不被允许触碰的冰箱，把里面的食物翻看一遍，然后猛地关上柜门。厨房里也不是没有脏乱的地方，不仅是厨房，客厅里和其他地方也经常有一坨一坨的灰絮，或者从外边带进来的尘土。但母亲并不计较，自己地盘的东西，脏了也是干净的。虞澄啃着取自冰箱里的苹果，钻进母亲的卧室，在地板上走来走去，拖鞋发出稀里哗啦的响声。她在地板上又蹦又跺，或者仰面躺到母亲床上，瞪着天花板，大口啃咬苹果。苹果的汁液从嘴角溅出来，落在被褥上，完全没了踪迹。虞澄笑了，腾地坐起，把苹果核放到母亲的枕头下，又在母亲的枕套上蹭了蹭双手，才满意地离开。

7

郝波辞职没多久，廖静也辞职了。那时他们已经住在一起，但廖静单位在北郊的山里，交通、生活都不方便，她像要逃避什么似的，主动要求搬到郝波家里，宁愿跟他父母一起住。郝波父母见这孩子面相个头都不错，又来自遥远的哈尔滨，一个人无依无靠，便欣然接纳了，并催促二人抓紧领结婚证。这个提议被郝波拒绝了，他让廖静单独住一个房间，并告诉父母，他们决定先创业，再结婚。

郝波在市中心盘下一间门面，开了家花店，廖静主内，他主外，跑些单位庆典、婚庆之类的单子，头一年生意还不错，可是因为廖静的一场大病，郝波花光了几乎所有的积蓄，又借了好多钱，前后折腾了三个月，廖静总算恢复过来。廖静就是从那场病后开始变化的。

郝波把隔壁的一间转手的小服装店也盘下来，扩充了门面，重新装修，并请了两个女孩做帮工。他把全部精力都投到花店业务上，总是早出晚归，把自己弄得精疲力竭，回到家里倒头就睡。这样一来，心魔似乎弱了许多，也和廖静保持了有效距离，状况一度好转起来。花店业务蒸蒸日上，又不到一年，他们就还清了所有债务。郝波想的是趁花店的生意正在兴头上赶快赚钱，好买幢婚房，然后两人就正式领证。郝波天天出车去进货或者送货，很少在店里，有时候一个白天的光景，两人也就打两个照面，没说上几句话，郝波就开着车嘟嘟嘟地消失在街道拐角。看着大街上纷繁的人流和车辆，廖静看不见郝波的影子，只有阳光或阴天的风在街面上流行，难以捕捉。有了帮手，廖静那双整天分拣花枝的手终于空闲下来，可是动惯了的肢体一旦闲下来，那种滋味是十分难忍的。

廖静甚至觉得自己的双手突然间失去了价值，有种被遗弃的感觉。她有时会搬把椅子，坐到花店阳光照射的角落，拿修剪花枝的剪刀修剪指甲。她在明亮的光线里欣赏着自己纤嫩的半透明的左右手，看看左手，又看看右手，或者两手并排放在光线下同时欣赏它们的正面和反面。廖静有时觉得挺幸福的，但照射她双手的光线很快就转移到别的地方去了，廖静向那儿望去，什么也没看见。整个世界居然像她一样空荡荡的，并且茫然。她只有再次将注意力集中到自己的手上，不知道如何应对它们因空闲而孤独的微痒。

店里添置了一台新电脑后，廖静的手便忙了起来，不过不是忙于修剪花枝，而是在电脑的键盘上手忙脚乱地打字。廖静迷上了网聊，这好像是在任何人身上都能碰到的普通事件，实在乏善可陈。廖静对郝波说我又找到了三年前和你相爱时的感觉，但已经不是在你身上了。郝波苦笑，一直以来自己忙于生计，忙于廖静重病遗留下来的债务，他甚至从未妄图得到过爱情。

他当初的爱情早已在生活的尘埃里变为细碎的粉末，现在那些不起眼的粉末却聚拢成坚硬的石块，重重砸到自己脚上。

这天，廖静在网上聊得正欢，电话响了，是郝波打来的。郝波问廖静干吗呢，廖静有些心不在焉，说还能干什么。郝波又问，那是不是在上网，你别光顾着上网。廖静有些生气，说上网怎么了，你又不陪我。郝波无语，沉默了一会儿，就主动把电话挂了。

什么时候？廖静果敢地打出几个字。

你什么时候有空?

随时有空!

不如现在吧，我来接你。

廖静转头看了一眼正在前台忙碌的小姑娘，站起来，绕过前台，去了趟洗手间。她在洗手间的小镜子里看着自己，呆立良久。她发现自己的颧骨上生出一些暗斑，她拧开水龙头，把水放到最大，哗哗的水声似乎掩盖了她狂乱的心跳。廖静突然转过身，快速回到电脑前，抓起挎包走了出去。

半小时后，廖静跟网聊的人一前一后进入一家宾馆的房间，对方从后面抱住她，手臂挺有力的。廖静轻轻掰开对方的手，低头走进盥洗间。对方跟进来，仍然从后面抱住她的腰，力气更大了，还吻她的耳垂。廖静的身体有些发麻发软，脸红起来。她突然有些惊喜地发现，这种感觉郝波从来没给予过自己。廖静突然有些烦躁，可又欲罢不能，也不愿意刹车，似乎只有这样才能抵挡内心积聚了多年的不安和惶惑。她努力回避着对方的气味，干脆闭上眼睛，体味着那些让她逐渐迷糊的快感。

此时郝波正开着面包车奔波在送花的路上，或者开着空车在城里兜圈子，一圈又一圈。廖静着了魔，有时回花店搬运鲜花，她也不从网上下来，即使帮忙也是一副心不在焉的样子。搬好货，郝波这边还没把车开走，廖静已坐回到电脑前，眼睛盯着屏幕，噼里啪啦地打起字来。郝波就拼命拨打花店的电话，占线就再打，无数次地重复。他以为这样也许能让廖静掉线，可从来没能成功。郝波的手有些抖，呼吸变得短促，脑门子上渗出可怕的汗珠。他急了，脚上就不由自主地用力，把车子开得飞快。有一次他终于闯了红灯，还撞到了一辆出租车。车子被交警队扣下，除了赔偿，还要罚款。他又打电话，想要廖静赶快带钱到交警队，占线就再打，再打再占线，不知重复了多少遍。他知道是廖静故意把电话拿起来了，郝波把手机摔到地上，散了。他几乎是冲出交警队，拦下一辆出租车回到花店，见廖静聊得正欢，郝波也没说什么，抓起键盘就摔到地上。又抱起显示器摔，一缕青烟伴随着一声重重的闷响，荧光屏碎了。他又飞起一脚，将电脑桌踹倒，歪到一边的主机发出一阵尖锐刺耳的鸣叫。郝波的脸憋得通红，呼吸急促，似乎不敢看廖静一眼。廖静在椅子上怔了一会儿，嘴里叽咕了一句神经病，抓起包离开了花店。

两个女孩被吓坏了，不敢吱声。郝波摆手，示意她们提前下班，她们就逃也似的离开了。

郝波将自己反锁在花店里，看着一地狼藉，忽然觉得非常疲倦。他面颊上有一丝痒，像是虫子爬过去的那种微痒，用手一摸，居然是眼泪。花店刚开张不久，一个竞争对手带人砸了他们的店铺，郝波也被打得头破血流，他没流泪。廖静生病，他到处借钱屡遭拒绝时，也没流泪。现在他流泪了，他听见自己喉咙里发出一阵毫无节制的哭声，像开闸的水渠，汹涌的急流般的哭声似乎淹没了心里的痛。郝波干脆放任自己哭了一阵，哭完之后，他瘫坐在一堆康乃馨上。他的身体好像一只年久开裂的水桶，疲倦仍然在源源不断地向外泄漏，这是眼泪无法淹没的。郝波使了很大力气，将电脑残骸拾掇进一个废纸箱里，然后到街边的一个小店喝酒。也不知道喝了多长时间，走出小店时，深夜的冷意侵袭得他当街吐了一通。

郝波回到花店，倒在康乃馨花丛中睡着了。他梦见和廖静初恋时的情形，他们手拉着手，在湖边散步。突然廖静就脱光衣服跳进水里，欢快地大叫，任凭郝波怎么喊，她就是不上来，而且越游越远。

8

母亲要求虞澄每周擦一遍窗台，地板每周三遍，少一次也不行。虞澄嫌蹲久了站起来头晕，就跪在地上擦，母亲制止说，这样地板上的细菌和膝盖又接触到了。有一次，虞澄因为月经量过大，头重脚轻的，蹲着擦完地板，站起来时不禁头晕眼花，跌倒在地板上。母亲闻声赶来，脸色立马就变了。她关心的当然不是虞澄的身体，而是责怪她怎么可以倒在地上，衣服和地板是两种绝对不能触碰的东西。她命令虞澄把衣服脱了，自己去洗。虞澄虚弱地辩解，衣服才换过，不脏。母亲不同意，三下五除二扒掉女儿的衣服，让她马上去洗，洗完衣服再把地板擦一遍，至少要把她倒下的地方擦一遍。虞澄把衣服扔向母亲，想扔到她身上，但母亲敏捷地躲开了。衣服落在窗台上，母亲嘟囔着，哎呀，脏死了，去把衣服洗了，洗完把地板擦一遍，窗台也得再擦一遍。虞澄捡起衣服，想要重新穿上，母亲上来阻拦。两人撕扯在一起，虞澄气弱，再次倒在地板上，惹得母亲又尖叫起来，哎哟喂，我的小祖宗，你，你的手，你的脚、内裤都碰到地板了，全脱了，赶紧给我去洗澡。当着母亲的面，虞澄脱下胸罩、内裤，把自己脱得精光。卫生巾已经浸透经血，一片暗紫。几滴经血从虞澄的腿缝间滴落，砸在灰白色的地板上，溅成几朵暗红的花瓣，只是圆形花朵的边刺显得尖锐而暴戾。

虞澄清楚，母亲变态般的洁癖是导致她父亲决意离婚的主要原因。她同样害怕回家，有一回她去到同学家里玩儿，想在那里躲一晚，可还是被神通广大的母亲找到了，半夜里把她从同学的床上揪起来，拎回了家。

你怎么可以去别人家过夜，你简直……母亲吃惊得几乎无话可说。

虞澄知道母亲的意思，并不是指责她没有安守一个走读生就应该回家吃饭睡觉的本分，而是责怪她四处招惹污染，浑身沾满外界的菌尘，并且会把它们带回家里。虞澄好奇的是母亲怎么找到自己的，母亲没好气地说，你别管，我自有办法。虞澄想了一夜，到底是哪里出了漏洞，以至于母亲能如此精准地发现自己的行迹。她最终也没想明白，就迷迷糊糊地睡了。

第二天是三八节，一早赶到学校，班里来了个插班生，被安排坐到虞澄隔壁的课桌上。一个高过她一头的男生，样貌举止还算干净得体，就是眼神有点儿阴郁，就是那种对旁人充满戒备和警觉的眼神。

听说你是从少管所出来的？虞澄问他。

他没回答，只是恶狠狠地瞪了她一眼，但虞澄也从他眼神里捕捉到一丝忧伤。这令她感到兴奋。下午在学校礼堂听完少管所来的龚警官讲完报告后，虞澄提早来到学校外边，眼见龚警官的车子开出校门，虞澄冲到马路上，堵到车头前。龚警官打开车门，让虞澄上来后，问她，鬼丫头，不用上课了吗，你们不是都要上晚自习的吗？虞澄告诉龚警官，今天是三八节，女老师都能放半天假，为什么我就不能给自己放假？

三八节是我们女人的节日，跟你有毛关系。

我也是女人。

你不是女人，你只是女孩。

虞澄笑了，抱住龚警官的胳膊说，姐，我想把自己变成个女人，你帮帮我呗！

龚警官甩掉虞澄的胳膊，开车呢，别胡来。我可告诉你呵，别胡来，否则别怪我到姑妈那儿告你状去，看她不打断你的腿。

嘁！吓唬谁呢，她没那能耐。虞澄瞥了一眼龚警官，又要去抱她的胳膊，被推开了。

石伟就是从你们那儿出来的？虞澄问。

谁？哦，你说那小孩。怎么，他到你们班了？

虞澄没吱声，算是默认了。龚警官狐疑地看了她两眼，你问这干吗，怎么会对一个少年犯感起兴趣了？我可告诉你呵，别胡来。

没有的事，我就是好奇，他犯了什么罪？

你们这些小屁孩儿，还能犯什么事，无非就是打架伤人，吸毒强奸之类。龚警官心不在焉地说。

他到底犯了什么事儿？

我说你这孩子，怎么净操心别人的事儿，你不会是对他……龚警官警觉起来，说，我可告诉你，你要是胆敢越雷池半步，别怪我对你不客气。

算了，不说拉倒。虞澄望着车窗外，似乎没了兴趣。

车子开到虞澄家附近，龚警官靠边停下，让虞澄下车。虞澄说，现在回家，肯定要被你姑妈没完没了地盘问，烦都烦死了。龚警官问，那你想干什么，我还得回单位，有一大堆事等着我呢。那正好，我还没去过你那儿呢，你带我去参观参观呗，虞澄说。

参观少管所后，虞澄给石伟递了张纸条，说你教教我，怎么混进少管所。对方没理她，虞澄干脆弄了个信封，里面包了三百块钱，说一百你留着，另外两百帮我弄点毒品呗，一丁点就行。石伟恼羞成怒，把信封砸向她，说你神经病啊，说完就走出了教室。别人不知道信的内容，还以为是虞澄的求爱信，没当回事。但这事还是让班主任知道了，他把虞澄叫到办公室，旁敲侧击地问她信里写了什么，虞澄直言不讳。她本来正对石伟失望着，已经把信撕了，没想到班主任插手了，虞澄觉得这是个机会，不妨把事情搞大点，越大越好。班主任不信，虞澄不禁后悔把信撕了，要是没撕该多好，正好可以让班主任抓个现行，那他肯定要报告给校长、家长，弄得鸡飞狗跳，然后把她送进少管所也未可知。虞澄空口无凭，而且班主任找来石伟对质，他也不承认虞澄的说法。虞澄恼羞成怒，指着石伟对班主任说，这种人的话你怎么能信，你应该相信我。虞澄又对石伟说，你别怕，就如实告诉老师，我不怪你。石伟还是没松口，只说那是一封求爱信，写了一大堆肉麻的话，要不要我背出来？班主任摆摆手，示意石伟离开。虞澄抓起老师办公桌上的作业本扔向石伟，你个谎话精，居然骗老师。班主任厉声斥责，虞澄才停手。班主任又教育了一番，说下不为例，就打发虞澄走了。

虞澄又央求几个貌似懂社会的女生带她去夜店玩儿，领头儿的女生没答应，说你一向是乖乖女，要是被你妈知道了，还不把我们闹死。虞澄说没事的，你只管带我去，钱我出还不行吗？于是几个丫头褪去学生装，抹上口红，发型扒拉扒拉就像变了个人儿，又换上私藏的小衣服，去了夜店。虞澄没那样的衣服，一个女生借给她一条灰色吊带紧身裙，从卫生间出来，虞澄一个劲儿地拉裙子的下摆，惹得众人一片哄笑。领头的女生说，瞧你那土包子样，还是回去吧。虞澄受了刺激，要了两扎啤酒，自己先灌两杯，立时晕了，也就不那么局促了。虞澄不会跳舞，就坐在旁边看她们在舞池里扭动，也挺开心。她们把虞澄拖进舞池，虞澄学了几个简单的动作，借着酒劲又蹦又跳，有时还学她们那样喊一嗓子。

虞澄还从来没那样放松过，居然忘了去夜店的目的，及至醉醺醺地出了夜店才想起来，不禁有些后悔。这时母亲来了，还有另一个同学的母亲，两个妇女就像两个疯女人，各自拉着自己女儿的手往回拽。虞澄被母亲拉走的时候，回头看见那个同学被她妈打了一巴掌，同学哇的一声坐在地上哭起来。那个妈妈看着其他发愣的同学说，我女儿都被你们带坏了。

母亲没有打虞澄，回到家门口，虞澄醉醺醺地问母亲，我都这样了，你还让我回家？母亲一边打开房门，一边用一只手把虞澄挡在门外说，你不想回家，那你想去哪里？把我送进少管所吧，反正只要不回家就行，虞澄说，知道我想去夜店干吗，我想找找看，能不能买到毒品，那样我就非得进少管所不可了。母亲说好啊，你等着，我这就打电话给你表姐，让她来带你走，你这个样子，我实在没法让你进来。虞澄实在疲乏了，想进屋，母亲用胳膊拦住虞澄说，不行，你不能就这样进来，太脏了。

我累了，我要睡觉，你让开。

虞澄拨拉开母亲的胳膊，想冲进屋里，但母亲意志决绝。站在门口的光线里，虞澄脱下那件超短裙，要递到母亲手上，母亲没接，而是让她扔到过道上。虞澄扔了短裙，醉醺醺地说这下可以了吧。母亲看了看过道说，脱光，全脱光了再进来，赶紧地。虞澄愣了愣，歇斯底里地笑起来，说我他妈有那么脏吗，你当我是婊子啊。虞澄三下五除二褪掉文胸和内裤，一并扔到门口的地上说，可以了吗？

9

第二天早上，是帮工小黎叫醒了郝波。他想站起来，欠了欠身子，根本就站立不起来。他嘴里干得像塞了一团枯草，小黎摸了下郝波的额头，发现他烧得厉害。小黎赶忙给廖静打手机，关机，只好请来隔壁店铺的邻居帮忙把郝波架进出租车，带他去医院。在出租车上，郝波有气无力地躺在小黎怀里，浑身发抖。他拼命往小黎怀里钻，恨不能躲进她的身体里，小黎只好抱紧他。

郝波足足躺了三天，三天里廖静没和他说一句话，有时他故意发出痛楚的呻吟，廖静仍然无动于衷。

从床上爬起来后，郝波做的第一件事情就是买了台新电脑，重新放到花店原来的位置，然后依旧开着车子奔波于大街小巷。

这天下午，郝波忙完手头的活，又开着车在城里瞎转悠，路过一条街，看见许多网吧，就把车停到路边，鬼使神差地钻了进去。他给自己起了个网名，叫失眠的鱼，把廖静加为好友。

刚上来几天，廖静根本不愿意搭理他，就回了一句，大白天失眠很正常呀，矫情！就再也不说话了。接下来的几天里，郝波觉得好玩，甚至有些刺激，便乐滋滋地逗廖静。让我猜猜你长得什么样吧，你有一头浓密的长发，你的眼睛像两颗熟透的杏子，我喜欢吃杏子，小时候在老家经常吃。

你老家哪里的。廖静终于回了一句。郝波一愣，只好胡诌了一句，说俺是东北那疙瘩的。廖静哦了一下，又不说话了，她甚至有些警觉。郝波并不泄气，反正每天抽出一会儿时间逗她两句，也不影响什么。

你怎么那么无聊，老是猜这猜那?

你不也无聊吗，不然怎么喜欢上网！郝波反唇相讥。

是无聊呀，男朋友整天在外边跑生意。

一阵沉默，廖静又不说话了。郝波有些悲喜交加，喜的是廖静心里还有他的位置，悲的是她对自己有这样那样的怨言。接下来的日子里，廖静对他说了不少关于他的事儿，说这个男朋友没情调，对于男女之事严重缺乏热情等等。郝波只好替自己开脱，说也许是你们还没结婚的缘故吧，这样看来，你男朋友还挺靠谱的。廖静回了句倒也是，又抱怨说，可这都什么年代了，他根本就不在意人家脸上的小痘痘。

起先郝波主动提出过两次，想和廖静见面，结果被廖静顶了回来，说你以为我是那么随便的人吗，臭咸鱼，去死吧你。郝波有些快乐，从网上下来，先跑到商场买了盒有去痘功效的化妆品，又到饭店炒了几个菜带回家。廖静看了一眼去痘霜，扔到一边说，我不用这个牌子的。她吃得也有些心不在焉，吃完饭，洗了个澡，就先睡了。

此后，郝波仍然每天上网陪廖静聊几句，有一天，廖静突然主动提出见面，郝波呆住了，不知如何回答。

见面干什么？郝波小心翼翼地问。

因为……我发现有些喜欢你了。

你不是有男朋友吗?

他是他，你是你。

郝波没法答应和廖静见面，他婉转劝了她几句，就下网了。

郝波自个儿回到家里，廖静再次冲进他的脑海，尤其是她光着身子的样子，让他一阵遏制不住的冲动甚至晕厥。他抓起电话，拨通廖静的号码，要廖静尽快回家。廖静说手头还有点儿事，你要是困了，就先睡吧。郝波说不行，我会等你回来。

为什么一定要等我回去。

我要你，郝波这样说，说得干脆利落，不容推卸。

廖静答应了。

郝波放下电话，坐到床沿，为即将到来的廖静狂躁而不可抑制。好像他们之间将要发生的是第一次亲密接触。他已经看到了赤裸着的廖静，她的身体没什么异样，只有她的手，她胳膊和大腿的颜色如此异样，散发着迷人的光泽。

廖静打车回来的时候，已经深夜了。洗好澡，廖静来到卧室，捧着面红耳赤的郝波的脑袋亲了一下，笑着问他，你想通了。郝波不置可否地盯着廖静裸露的双肩，又看了看短裙之外的大腿。廖静倒进郝波怀里，要主动脱自己的睡衣，被郝波攥住了手。

郝波蹲到地上，开始吻廖静的小腿。那其实不是吻，而是舔。郝波伸出大舌头舔了舔廖静的小腿，好像一个食客开始吃红烧猪蹄以前先陶醉地舔了几下那上面的浆汁。他还不时用牙齿轻轻咬了咬，这个食客很挑剔，他想看看面前的猪蹄烧得是否烂，如果不烂，那又该怎么办。看来郝波觉得面前的食物是烂的，他张开牙齿，切住一个地方，稍稍用力地咬下去。奇怪，他的牙齿没能切进肉皮，廖静倒是叫了一声，慌忙掰开郝波的脑袋说，你别咬人呀！郝波没看她，仍然盯着廖静的小腿。

廖静笑着说看你那小色样，怪吓人的，不准咬我了呵。廖静说着就恢复了轻松。郝波又伸出舌头舔了几下，突然猛地向廖静的小腿肚上咬去，咯吱一口。这一回牙齿好像切进去了一点，但不多，看来这肉烧得一点也不烂，令郝波很不满意。廖静尖叫一声，本能地逃到两尺外的距离，并顺势推了一把，将郝波推倒，重重地坐到地上。廖静看了一眼自己小腿肚上两排鲜红的牙印，疼得眼泪流了出来，她哭着说你神经病呀！

郝波的兴奋受到一点点挫伤，尽管一点点，却是从来没有过的。他好像没听见廖静的哭喊，或者说，面前的廖静已经不再是廖静了。他凑上去，想再次下口，廖静慌忙躲开，郝波就再上前，廖静再躲开。郝波每逼近一点，廖静就哭喊着退缩两点。她早已泪流满面，因为惊吓面色惨白，但她已经没有退缩的余地了，她已经被逼到了床和墙连着的墙角。她哭喊着，手脚并用，试图驱赶红了眼的郝波。郝波揪住廖静的胳膊，用布条捆住她的手腕，往床头凸出的支柱上一挂。廖静的动作大大受到了限制，但要对付她拼命挣扎的双腿并不容易，为此郝波费了好大劲，淌了一身汗，终于捆住了廖静的双脚。廖静实在累了，惊恐和挣扎的汗水早已湿透额前的头发、短袖汗衫和睡裤腰。她绝望而悲凄地看着郝波，既有憎恨，又有哀求。她的胸脯和小腹，因为害怕和挣扎而剧烈地起伏着，泪水不断地流出来，从两边的眼角流到床褥上。

郝波终于惊醒过来，身体里的猛兽也被疲劳、双方的汗水以及廖静的泪水扑灭。他扇了自己一巴掌，声音非常清脆，令惊恐中的廖静不禁一愣。接着郝波咧开大嘴号啕大哭起来，他松开捆绑廖静的绳子，动作倒没那么急促或者惶恐。在并不明亮的光线里，这一场景显得奇特而莫名其妙。廖静跃起身，看也没看郝波一眼就逃了出去。

10

那天是星期五，虞澄在学校吃完中饭，又背着书包离开校园，一个人在街上晃荡了好久，直到两腿发酸才拐上回家的街道。她站在街边，看着家的方向，脚下有些迟疑，走走停停。石伟骑着一辆轻骑停在虞澄身边，问他愿不愿意跟他一起去看一场摇滚演出，带个漂亮女孩儿去演出现场更带劲儿。虞澄接受了这种坦荡，什么也没问，就跨上了摩托车的后座。

去看演出的路上，虞澄问石伟为什么要邀请她，石伟没吱声。虞澄又问你是不是喜欢我，我那么漂亮，你不可能对我无动于衷，石伟仍然没吱声。虞澄强调说，你什么都别想，我是说非分之想。看完演出，虞澄有些累，但还是不想回家，石伟把她带到自己的住处，是间单室。石伟不是本地人，还进过少管所，在当地的县城待不下去了，便被父母安插到这里，给他租了个小房子。房子里又脏又乱，一股难闻的气味刺激得虞澄差点儿吐出来。她掉头就走，她在这种地方是一分钟也待不下去的，那种脏乱带给她的刺激，要比待在家里的情形恐怖多了。石伟从背后抱住她，把她摁倒在床上，虞澄有些本能的恐惧，开始挣扎，但最终一半情愿一半不情愿地屈从了。一股陌生尖锐的疼痛，之后也没有任何快感，完全没有传说中的那么目眩神迷。虞澄失望透顶，既有对石伟的失望，也有对自己期待落空的失望，更令她失望的是，整个过程她感到恶心，胃里一阵阵翻腾。她感到自己整个人都被污染了一般，不仅仅是发肤，还有她的初次，她的五脏六腑，都被污染了。

虞澄整理好衣服，背上挎包离开的时候，扔给石伟一句话，我要是揭发你强奸，你保准还得进少管所。

回到家，虞澄主动在进门前就脱光了所有衣服，赤脚穿过客厅，钻进卫生间，打开水龙头冲洗。母亲正等她回来，已等得灰头土脸，穿过客厅的时候虞澄看也没看母亲一眼。母亲看见女儿赤身裸体地冲进屋里，赶紧来到门口，上下看看，还好楼上的邻居早已归家了或者还没回来。她也顾不上脏了，捡起虞澄的衣服，迅速关上房门。站在客厅里的母亲，捧着女儿衣服的小臂有些微微颤抖。作为一个过来人，她瞬间明白衣服上散发出来的异样气味代表着什么。她把衣服装进一只塑料袋，狠狠地扎紧袋口，跟一袋垃圾一起放到了门外的过道上。

母亲来到卫生间，看了眼雾化玻璃后边女儿的身影，想说什么，但还是忍住了。她拧开洗脸盆上的水龙头，开始洗手，反复打肥皂，搓洗，洗了无数遍，好像永远也洗不干净。冲淋间内，虞澄也在重复同样的动作，浑身上下反复打肥皂、沐浴露，反复冲洗。虞澄的手指已经被浸泡得泛白起皱了，脚上也是，但她已经顾不上这些，她开始狂躁地在自己身上抓挠，头发、脖子、乳房、小腹、大腿根，到处抓挠，一道道红印。最后，虞澄发出一声几乎要震碎玻璃的尖叫，便瘫倒在地上。花洒喷出水雾，继续浇淋在她身上。

作为母亲，当然很想知道具体情况，但看女儿的情形，她显然是不会说的，只能作罢。她想带女儿去医院进行身体检查，虞澄没理她。母亲翻箱倒柜地搜查虞澄所有的衣袋、文具、书本，企图发现蛛丝马迹，结果当然一无所获。母亲彻底绝望了，把龚警官叫了来，让她把虞澄带走，带到少管所好好管教管教。龚警官意识到这个表妹问题的严重性，但少管所也不是说进就进的呀，虞澄说那好办，我先去派出所投案自首，你直接到派出所提人呗。龚警官笑了，你去自首，你犯了什么罪？虞澄突然哭了，我就说我援交了，我是个妓女，这总可以了吧？

母亲带虞澄去澳洲亲戚家住了三个月，无奈虞澄不喜欢那里，便没有办理留学的手续。三个月后虞澄又回来了，继续上学，这样又留级了一年。

11

关于廖静网恋的事，还有一段不得不说的，这件事发生在他们结婚前不久。

这天晚上，闲来无事的廖静鬼使神差地去参加一个同乡的聚会，十多号人。廖静本来怕生，起意想走，又觉得不好意思，勉强苦撑着。大家先聚餐，接着去歌厅唱歌，灯都关了，点了几支蜡烛，气氛被发起人弄得有些暧昧。轮到廖静唱歌了，她就唱了一首熟悉的歌，才开嗓子，下面就尖叫起来，唱完又被哄抬着唱了一首。夸赞像一种药，能让人很快放松和兴奋起来，廖静咯咯地笑着，先前的勉强劲儿烟消云散。一个女孩唱郑秀文的快歌时，大家都挤到包间中央群魔乱舞起来，廖静不好意思，一个男孩把双手递给她，要把她拉起来，廖静迟疑了一下，还是伸出了手。男孩用力一拽，把廖静拉进怀里，男孩一手揽住她的腰。

廖静称他为小东北，是因为他比自己小好几岁，块头挺高大威猛的。小东北把自己的手机递给廖静，让她用他的手机给自己打电话，廖静犹豫了下，最终还是拨了。廖静突然想起什么，她想起和自己聊过天的失眠的鱼，他也自称是东北人。要不是因为是老乡，她或许懒得搭理那条鱼，但她几乎已经爱上那条鱼并想约他见面时，他居然训诫了她一番，然后就游走了，悄无声息地，弄得她里外不适了好一阵子。

过一星期，廖静接到小东北的电话，说电影院正在放映一部疯传的爱情电影，廖静愉快地答应了。她从小就喜欢看电影，喜欢钻电影院，可是认识郝波以后，他们一共就看过两场。有时候廖静要求郝波陪她逛街看电影，郝波也是心不在焉的，或者干脆说累，不想去。廖静觉得没劲，拎起挎包说不去拉倒，我自个儿去，说着就噔噔噔走了，撇下郝波一个人。

小东北不停地称赞廖静性感又迷人，廖静知道他的意图，但还是情不自禁地开心起来。小东北频繁地请廖静去看电影、唱歌、逛公园，对廖静礼貌有加。情人节那天，小东北给廖静买了条米兰色的围巾，亲手给她围上，并趁势把她搂进怀里，一阵强吻。廖静想要挣脱，无奈气力不够，脑袋嗡嗡的，脸上有些湿润，一摸原来是眼泪。小东北慌忙道歉，廖静摸摸他的头，说傻孩子，姐姐是开心。

小东北的父母来乌城旅游，见到廖静，对她非常满意，一下就给了她两万元红包，说是见面礼。廖静来不及拒绝，傻愣愣地看着小东北，小东北也没说什么。从此廖静开始和小东北正式交往，在夜幕下的公园，在郊外的山林间，更多是在他租住的公寓里。除了对郝波更为淡漠，廖静整个人变得快乐起来，笑口常开，仿佛这一切才是生活的应有之义。

无意当中，小东北从一个朋友那里听说，廖静根本不是广告公司的，而是一个花店的女主人。小东北一笑置之，说可能因为才认识不久，她故意撒谎的吧，没什么。嘴上说没什么，小东北还是起了疑心，他装作不经意的样子问了这件事，廖静的脸一阵煞白，但很快就恢复过来，娇嗔说那时刚认识才撒了个谎。小东北笑了笑，没说什么。从那以后，廖静就不大和小东北见面了，他打电话约她，她便找种种借口推托掉，有时见面也心不在焉的。

那天下午，店里正清闲，小东北躲在街角，看着郝波开车驶上大街消失在拐角后，便从街角走出来，一脸阴森地冲进花店。他瞪着廖静，呼哧呼哧地喘着粗气，廖静吓坏了，佯装轻松地问小东北有什么事，说着轻轻拉他的手，示意有什么话到外边去说。小东北猛地打掉廖静的手，吼了一句你干的好事，甩手就走了。廖静愣在那里，良久才回过神来，抓起杯子喝了几大口水。小黎似乎看明白了点儿什么，躲在一旁，默不作声。她听见了廖静喝水时急促而响亮的咕嘟声，好像十分焦躁和空虚，好像那样才足以按压住，或者说淹没她狂乱的心跳。

小东北搬了房子，廖静去找他，没找到。廖静不知道他已经搬了房子，就在地上铺张纸，倚着房门等小东北回来。她想道歉，然后把那两万块钱还给他，以示自己的立场，或者这样多少能使自己心安理得一些。夜深了，小东北还是没回来，廖静却倚着房门睡着了。她做了一个梦，梦见自己被两个歹徒追赶。歹徒手里都拿着一根棍子，也不作声，只是狰狞地追赶她。她只好拼命地逃，要命的是她发现自己居然赤身裸体地跑在大街上，大街上那么多人，人们都停下来，木然看着她。她几乎要疯掉了，她自个儿都不能忍受自己的两只乳房在奔跑中剧烈地上下颠簸的窘迫。她一边跑一边声嘶力竭地哭喊和呼救……

廖静被两个流氓劫持到一个正待拆迁的破房子里轮奸了，第一个家伙的性欲似乎特别旺盛，完了又来了一次。廖静有气无力地穿上被弄脏的衣服，哆嗦着腿，从破房子里走出来。大街上几乎没什么行人，偶尔几辆出租车飞驶而过，路灯的光忧戚而绝望。廖静漫无目的地走着，她不知道要去哪里，下身依然疼痛，汹涌而来的尿意使她几乎无法直起身子。身后打过来一阵灯光，嘎的一声，一辆破旧的面包车停在廖静面前。郝波面色恼怒地从车上下来，大声呵斥，那么晚你去哪里了？看见郝波，廖静的泪突然狂泻而出，一头栽进郝波怀里。

郝波晚生晚育的母亲脸上已经布满皱纹，头发白光了，行动笨拙而迟缓，医院检查发现她的胃、脾脏、心脏都有不同程度的疾病或者说损伤。这一年，郝波最爱的母亲去世，先前没什么征兆。临终前，母亲紧紧抓住廖静的手不放，拿眼睛瞪着她和郝波，似乎在祈求着什么。廖静很不适应屋子里的气味，她感到胸闷，想要赶快逃出去，可是她的手腕子被两只枯藤般的手缠绕住了。郝波想要掰开母亲的手，也没能掰动，只好说，妈你放心，我和小静会结婚的，我们会过得很好。母亲仍然抓住廖静的手，生怕她会突然消失似的，她的全部力量都集中在一双手上，已经没有摇头的力量了，只是几乎不易察觉地摇了两下。郝波明白母亲的意思，他看了一眼廖静，弯下腰，两滴泪水落到床沿的被角上。他小声对母亲说，好的，妈妈，我们这就去办结婚证，这总行了吧？母亲的眼里掠过一丝笑意，可是她没松手，仍然抓紧廖静，瞪着她。廖静看着面前这个年龄并不老却在等待死亡的妇人，突然有些感动，她也跟着郝波说了一句，是的，妈妈，我们这就去办结婚证。母亲的手突然垂下来，像一团破旧的棉花。廖静有些奇怪刚刚她哪儿来的那些力气。

他们走出母亲的卧室，郝波问廖静是不是真的要去办证，廖静反问他，你是不想办吗？郝波低下头，小声说，那就办了吧。

第三章　蝴蝶裙

12

考上大学，学校远在千里之外的乌城，虞澄终于要离开母亲了，有点儿不舍。她想抱一抱母亲，在她怀里撒个娇，但母亲躲开了，虞澄知趣地跟着父亲上了车。

住进学校，虞澄很快就发现周围的人都不正常，尤其同宿舍的三个女生，除了廖静，其他两个太不注意卫生了。别人的床怎么可以乱坐，她对一个串门的女生嚷嚷着，把她从自己床上拉起来。那个女生要坐到虞澄的凳子上，也被她推开了。虞澄说，凳子只能一个人坐，要坐回你宿舍坐自己的凳子去，这里的床跟凳子，你都不能坐。正躺在床上看书的廖静看不下去，把书往地上一扔，拉那个女生坐到自己床沿说，别听她的，她就一变态。虞澄反唇相讥，你才变态，你们都是变态。虞澄把被那个女生坐过的被单扯起来，拿到卫生间去洗，洗了三遍，手上的皮都泡白了，还是觉得没洗干净。回到宿舍，看到廖静正在看被扔到地上的那本书，居然还用手指蘸着唾沫翻动书页，虞澄不禁感到一阵恶心。她想把书抢过来，扔到垃圾桶里去，再啐上两口唾沫，看她还看不看。但手伸到半空就停下了，那不是她的东西，她不碰，别人也不准碰她的东西。虞澄感到口干，自己杯子里没水，壶里也没水了，看到廖静的杯子里冒着热气，便抓起来喝了一大口。廖静尖叫起来，你个变态怎么喝我的水，不嫌脏啊！虞澄白了她一眼说，我觉得脏的就脏，觉得不脏的就不脏，管得着吗你。廖静笑着放下书本，说我们去逛街吧，晚上就在外边吃小吃，老门东有家很不错的烤饼店，听说每天都排很长的队，我们去尝尝？虞澄犹豫了下，说那好吧。

两人下楼，从学校后门出去，后门边上就有 3 路公交车，可以一直开到老门东，不用转车。廖静要拉虞澄的手，虞澄避开。廖静讥笑她，你不说最憎恨有洁癖的人吗，你不说上高中时在学校里什么脏活都抢着干的吗，现在是怎么了？虞澄无辜地看着廖静，廖静又伸出手，虞澄犹豫了下，终于鼓足勇气递出自己的手，廖静一把攥住，拖着她走向学校后门。

廖静说，谁没点儿洁癖，我也一样，但没你那么严重。

虞澄还是觉得难受，慌乱地跟在廖静后边，被她拖着前行。

到了老门东，廖静要小解，问虞澄尿不尿，虞澄难为情地摇摇头，说谁让你出门前喝那么多水来着。廖静说，你不也喝了吗，待会儿想尿了，可别怪我不陪你去厕所。虞澄惊恐地看了看厕所入口，只好硬着头皮跟廖静进去，一人一个蹲坑。一只绿头苍蝇在厕所里嘤嘤盘旋，虞澄的目光追随着它，根本尿不出来。绿头苍蝇直奔她而来，虞澄啊的一声惊叫，赶忙挥手驱赶。绿头苍蝇在她肩膀上短暂触碰了下，又嗡地飞走了。廖静那边传来湍急的水声，她问虞澄怎么了，虞澄几乎喊叫着回答她，苍蝇，绿头苍蝇。廖静说，苍蝇跟你一样爱干净，所以才去亲近你。正说着，绿头苍蝇已绕到虞澄背后，落在她屁股上。虞澄一阵歇斯底里的尖叫，猛地拍打自己的屁股。

虞澄几乎是提着裤子冲出厕所，蹲到地上一阵干呕，什么也吐不出来。廖静跟出来，看着蹲在地上的虞澄说，别假模假式的了，死不了。虞澄哭了，要回学校洗澡，必须回去，立马回去。廖静不高兴了，抓住虞澄的胳膊，想要把她搀起来。廖静说，还就不信了，我今天非治治你不可。虞澄站不起来，廖静用力拖拽，把她拖倒在地上。虞澄掰着廖静的手，想要挣脱开来，无奈廖静抓得太紧。虞澄的哭声肆意而委屈，弄得不少人驻足观看，不明白发生了什么。

最终街没逛成，廖静想吃的烤饼连香味儿也没闻着，两人便回了学校。虞澄把自己关进宿舍的淋浴间里，洗了整整两个小时，肥皂打了一遍又一遍，还是觉得没洗干净。屁股蛋儿都快要被她抓破了，她还是觉得脏，觉得恶心，恨不能把屁股撕下来。

虞澄洗澡的时候，廖静在外边的洗脸台洗手，一边洗一边跟塑料帘子后边的虞澄说，跟你这洁癖界的黑武士一比，我真是相形见绌，最多算个小白。不过你也不要瞧不起人，咱也有研究深透的地方，就拿洗手这件事来说，对洁癖界人士，洗手绝对是门技术活，这个你有研究吗？

虞澄不屑地说，就你，也配跟我谈论洗手。

廖静并不生气，说这水从手上流过，在水槽中溅起的水花是非常脏的，这一点你没疑义吧？

那还用说，如果让这些水花溅到身上，手白洗了，心情也糟了，衣服也得脱下来重新洗。虞澄一边用洗浴球磨揩着屁股一边回答。

所以呢，为了避免水花溅到身上，水花的高度和弧度是很讲究的，这个你就不知道了吧？

嘁，影响水流高度和弧度的因素主要有水槽的深度、曲度，水龙头出水口的高低，水流的速度和倾斜度。水槽的高度设计不能过高，但允许低一些，那样溅起的水花最多溅到裤子上，裤子被污染一点点，是被允许的。虞澄不屑地说。

对对对，水龙头的高度会影响水流落在水槽里的力度，所以不能太高，否则落差大的话，就容易溅起水花，而水龙头也不能拧得太开，那样也容易溅起水花，造成交叉污染。

虞澄说，还有一个细节你可能忽略了，那就是冲洗时双手的位置，手放得高了，水花容易溅出来，放低了，水槽上溅起的水花就会反弹到手上，这是绝对不可以的。

哈，不愧是黑武士呢，这一点我倒没注意到，我只注意到了水槽壁的曲度和水流的斜度会直接影响水流和水槽接触时的夹角，这个夹角也会影响水花溅起的高度和弧度，所以，水流最好是落在水槽的外坡面，也就是靠近身体的这一面。咱们这个洗脸池，各方面设计还算合理，就是小了点。廖静说。

虞澄拉开布帘说，没有疑义。

看着虞澄的裸体，廖静怔了片刻。

收拾停当，两人闲聊时，虞澄问廖静怎么也会有洁癖的毛病，廖静一指虞澄，你可别给我定性，我是故意的，故意恶心你。虞澄淡然一笑，这是装不出来的，廖静头一梗，谁说装不出来，你等着，我能装得比你还有过之而无不及。

来乌城上大学之前，虞澄一直是大大小小的班干部，平时值日打扫卫生，都不会嫌脏，就算是洗刷厕所的活儿也没关系。看到卫生习惯不好的同学，她就上去管，经常被人一顿抢白，喷一脸口水，虞澄不当回事，拿袖子擦擦就好了。她后座的一个男生知道她讲卫生，故意挖鼻屎弹到她后背上，惹得周围一片坏笑。回家后，虞澄把这些事儿一股脑讲给母亲听，厕所、口水、鼻屎，讲得母亲大呼小叫，把她赶出家门，直到虞澄哈哈笑着说这都是骗你的，才被允许进门。但母亲还是觉得恶心，让虞澄去洗澡洗头发，洗三遍，完了再把衣服洗三遍，否则别想吃饭。没承想到了大学一切都变了。睡觉前反复冲脚是必做的功课，然后小心翼翼地坐到床沿，把脚甩干了才上床睡觉，冬天一来，手脚都被她洗得龟裂了，口子大了就流血。廖静啧啧称奇，说您这得不偿失啊，一边说着一边帮虞澄贴创可贴。虞澄脚后跟皲裂面积大，创可贴包不住，就只好覆一层消毒纱布，再贴上胶布。廖静举起双手说，洗了三遍，没问题吧。疼痛让虞澄暂时忘记了所谓的脏，只好任凭廖静摆布。包扎好后，廖静捧着虞澄裹满胶布的双脚啧啧道，这么好看的一双脚，整天皲裂，真是白瞎了。说着，廖静恶作剧地亲了一口虞澄白皙的脚脖子，然后拿眼睛盯着虞澄的表情变化。虞澄一阵惊吓，说你干什么，脏死了。廖静不吱声，只是盯着她。虞澄说该换卫生巾了，让廖静去柜子里帮她拿片卫生巾。廖静站起来，转身要去开虞澄的柜子，又被虞澄制止了。卫生巾是要贴到内裤上的，还是别劳驾您了，虞澄说着，一瘸一拐地走到柜子前，取出一包卫生巾，躲进卫生间里。廖静咣叽一声推开门，倚着门框说，宿舍里就咱俩，你关门干吗呀？虞澄刚脱下裤子，想要提起来，看到内裤上粘着的暗红的旧卫生巾，只好停下来，当着廖静的面撕下旧卫生巾，卷起来扔进垃圾桶，一边弓腰粘新卫生巾一边对廖静说，臭不要脸的，你没换过啊，有什么好看的。廖静一脸幸灾乐祸和得意，说就是要恶心你，谁让你总恶心我们来着。

说归说，平时廖静还是护着虞澄的。虞澄害怕别人碰到她和她的东西，廖静就冲在前面，抢先拦住，或者挡在面对虞澄说话的人面前，以免他们的口水喷到虞澄的脸上和衣服上。虞澄觉得她的书脏了，廖静就帮她一起洗书，洗得皱巴巴的也没关系，大不了再去买套新的。买书的事情，也得廖静出头，去找系里管教材的老师。虞澄嫌她脏，一看就脏兮兮的，说话直喷口水。廖静去把书买来，扔到虞澄面前说，死变态，别人不能碰你，我能碰你吗？虞澄点点头，说你可以。廖静又问，别人不能碰你的东西，我能吗？虞澄点点头，说你可以。廖静笑着捏了一下虞澄的脸蛋，别人不能冲你喷口水，我可以吗？虞澄摇摇头说，不可以。廖静双手捏着虞澄的脸蛋，几乎贴着她的嘴唇说，我呸，呸呸呸，偏要你吃我的口水。

13

研究生一毕业，我就要去广州了，之前导师问我，要不要留下来继续攻读博士，我想也没想就拒绝了。导师沉吟良久，最终说，如果不顺利，欢迎你回来，在心理学领域你是个难得的人才，不继续深造可惜了。我满脑子都是虞澄，都是我们即将开启的美好生活，完全没把导师的后半句话放在心上。

与此同时，郝波刚跟廖静领了结婚证，什么仪式都没办，却决定离开乌城。临别前，他们约我一起吃了顿饭。廖静解释说，她其实是不愿离开的，可是不知道为什么，在这座城市，不知怎的，一切就都一团糟了，腌臜、龌龊，有一种时刻被污浊浸淫着的压抑。我问他们要去哪里，两人都摇头，还没想好去向。廖静说，管他呢，就坐上火车，一路向西，坐累就随便在哪一站下来。廖静说着，眨巴着眼睛问郝波，你觉得这样如何。郝波不置可否，说李睿要去羊城了，不如我们也去羊城吧？廖静立马反对，郝波说，你跟虞澄不是闺蜜吗，我们去羊城，两家也能经常聚一聚，不是挺好？廖静没好气地说，反正我不去，要去你去，说完就一个人先走了。

我跟郝波又聊了会儿。郝波一直奇怪，廖静为什么不乐意去羊城，当初她生病，虞澄还一天一个电话地催问，帮着求医问药的。我说，她们也就是大学时关系不错，现在都分别三年了，估计那份友情早就淡了。郝波点头说，也许吧，此一时彼一时。

我没去为他们的西行送别，很多的时候，人生就是一场又一场的聚散离合，不用过分在意下一次的相遇。郝波和廖静将像两粒蒲公英的种子，在飘忽不定中飞向远方，连他们自己也不知道最终会在哪里落脚。我希望他们落脚后能给我发一封电子邮件，或者来个电话，告诉我最终的落脚点，郝波满口答应，廖静却说，就让我们在彼此的生命中消失，不也是一件挺好玩的事情吗？郝波不置可否，我则点头同意廖静的说法。

我已收拾停当，做好了一切奔赴南方的准备，虞澄正在那里等待着我的到达。正准备出发，突然下起雷阵雨，我将简单的行囊放在地上，躲在街边的一幢建筑门楼下，等待大雨停歇，然后继续赶路。雷电闪耀着，从乌云中吐出幽蓝灿亮的火苗，这是什么样的征兆呢？

我就这样到了南方，一路上大雨不断，偶有阳光照耀的站台，我就走下火车，呼吸一阵新鲜的空气。一路上我也毫无倦意，好似获得新生一般，莫名兴奋地期待着全新的生活。

一下火车，我又被一阵陌生的暴雨包围。比起乌城的天气，这里的空气更加黏湿，更加潮热，衣服不是衣服了，衣服里好像还有一层稀薄的黏液贴在皮肤上，而空气本身也如同稀热的黏液，令人呼吸都有些困难。我有些胸闷和头晕。显然是一路兴奋过度，真正要见到虞澄时，我已经两腿发软了。要不是虞澄从后面抱住我，我肯定会跌倒在站台上。我转身抱住虞澄，大雨包围了我们，雨幕犹如浓稠的液体，从天空缓缓流向地面，安静至极。我已经听不见雨声，外界的任何声音都不可能打扰我们。

当晚我就病了，一路的困顿和乏力已将病情推送给我，我开始呕吐，高烧，虞澄父亲准备的接风宴只好取消。虞澄带我挂完水，回到宿舍里，我还是迷迷糊糊的。我吃力地抓住她的手，苦笑说，真是不好意思，一来到就在家长面前出丑。我相信未来的丈母娘一定在女儿面前质疑我的身体素质了，这么弱不禁风，能行吗？她哪里知道，好端端的时候，我是一条多么生猛的好汉。虞澄把一条湿毛巾敷在我额头上，问我想不想吃点儿东西，我摇摇头，一只手乖顺地躺在她的双手里，体味着和未婚妻的肌肤之亲。我怔怔地看着她，眼眶中迸溅出滚烫的泪水，好在这些水滴都迸溅到毛巾上，被悄无声息地吸走了。我睁大眼睛，想始终瞪着虞澄，可是我的眼皮已经不听使唤了。在睡着之前，我很想向虞澄撒娇，想躺在她怀里睡过去，像从前那样。

雨没有要停的意思，有时会变成淅沥沥的蒙蒙细雨，好像是为暂时歇息以待更猛烈的喷吐。第二天，我开始腹泻，虞澄的母亲来探视，我急忙下床，双腿软弱得差点儿跪到地上，还险些拉到裤子里。虞澄的母亲始终微微皱着眉头，偶尔发出一声轻微的叹息。她把女儿拉到门外，小声问了些什么，又折回屋子安慰了我一番，就走了。我不安地看了虞澄一眼，她的嘴角牵出一丝微笑。

病情有所好转以后，我仍需适应南方湿热黏稠的气候。说真的，我无法喜欢这种气候，只是因为虞澄，我才没太把这种不舒服放在心上。如果不是因为她，我怎么会来南方，或者如果虞澄和我不欢而散的话，我会毫不犹豫地重回乌城。相比起来，我已适应乌城的气候、环境和生活的节奏，这一点，我问过自己一次，仅仅一次。我觉得有这种想法是对虞澄的不忠，这样不好，对我们两人都不好。所以问过自己这个问题之后，我小小地自责了一番。

接下来，就是办理入职手续，正常上班，我们度过了一年愉快的婚前生活。我们像所有的恋人一样，约会，旅游，分享美食心得，没什么特别的。其间我想起过几次郝波和廖静，起初还经常留意有没有郝波的邮件，结果并没有他的来信，渐渐地，我也就把他们搁下了。

一年后，我和虞澄结婚了。这一年里我住的是单身宿舍，虞澄则一直和母亲住在一起。

14

每天下课回到宿舍，洗衣服洗书包洗鞋子是虞澄和廖静必做的功课，冬天也不例外。廖静买来塑胶手套，里外洗了三遍，晾干了，虞澄才敢用，这样她的手才不至于皲裂了。洗衣服要到公用的卫生间去，一条长方形的水槽，一根钢管上面等距离排列着十来个水龙头。从视觉上讲，水槽里不能有任何杂物，偏偏就有些不省心的女生把唾沫或者黏痰啐在水槽里，或者不经意地也能看到口香糖、糖纸、碎屑什么的，虞澄就不行了，非得等廖静清除掉那些杂物，把水槽统统刷洗一遍，她才能开始工作。廖静一边清理水槽一边骂，你个小婊子，姑奶奶我上辈子欠你的怎么着。廖静做这些的时候，站在旁边的虞澄还要不断叮咛，身子不要靠到水槽；你手伸长一点；水关小一点，你看你，水都溅到身上了。廖静撩起一把水洒向虞澄，管得着吗你，又不是溅到你身上。虞澄一边尖叫一边笑着躲闪，恶心，你太恶心了。

碰到出门乘公交，虞澄从来不坐座位，即便廖静拿湿纸巾把座位擦了又擦，虞澄也只是看一眼，坚持站着，不扶立杆，不拽把手，就两腿分开站着。但这也就是车厢里人少宽敞的时候，人多拥挤的情况下，虞澄也只好坐下来，或者坐到廖静腿上。遇到人多又没座位的情况，虞澄只好躲进廖静怀里。两人差不多高，说是躲，也就是廖静跟她面对面揽着她的腰，并支棱着双手，以免虞澄总是不安地回头看别人有没有碰到她。有时候是廖静从背后环抱着虞澄，两人贴得紧，虞澄的翘臀磨蹭着廖静的小腹，耳畔荡漾着她温热的鼻息，痒痒的。

虞澄是南方人，廖静是来自东北，许多不同方向的人来到乌城这样一个亚热带温带交界处的城市，最苦的就是她们两个。那时候的学生宿舍还没有空调，虞澄嫌乌城的冬天冷，廖静也嫌冷，冷得让人受不了。第一年，廖静也生了冻疮，倒霉死了。虞澄奇怪地问廖静，你是东北来的，怎么还怕冷呢？廖静说你不知道，我们东北的冬天到处都有暖气，哪像这个鬼地方，湿冷湿冷的。虞澄笑了，说不如我们睡一个被窝吧，有个暖脚的，这样可能会好些。廖静满心欢喜，但又狐疑地瞪着虞澄问，你不嫌脏？虞澄说，我对你是脱敏的，再说了，你又不是妓女，怎么会说自己脏呢。廖静扭打虞澄，你才是妓女，你个小婊子。

从大二那年冬天开始，廖静和虞澄就睡一个被窝了，冬天一到，虞澄就把她的褥子搬到廖静床上，和她的褥子叠加起来，睡觉时上面再加一床被子，果然再不冷了。廖静比虞澄矮一小截，身体也就小一号。入睡前，虞澄喜欢让廖静枕着她的一条胳膊先小声聊一会儿，聊着聊着就都进入了梦乡。虞澄有时会抽出她的胳膊，有时让廖静枕着入睡，她会不自觉地翻个身子，将另一条胳膊也搭到廖静身上，将她完全搂进怀里。一个人睡的时候，廖静穿着毛衣都还会觉得冷，现在当然不需要那样子了，她只要像正常情况下穿一身内衣就足够了。虞澄从来都是光着身子睡觉的，只穿一件小裤衩，她说这是从小养成的习惯，起先是觉得这样睡觉舒服，后来就成了习惯，多穿一点点都睡不着。廖静也觉得两个人挤在一个被窝里互相传递热量，体温积聚，再穿着一身内衣睡觉不禁有些燥热。于是她也学虞澄，也脱光了睡，只穿一件小裤衩。廖静总喜欢在虞澄身上摩挲，后背、屁股，大腿，当然也包括乳房。她摸了又摸，有些爱不释手。虞澄的乳房大而坚挺，热乎乎的，像她家乡刚出笼的大馒头。

到了大二，廖静不再那么想家了，之所以太想家，除了离家太远的原因，还有一个是因为乌城的气候太坏。春天太短，你还没来得及到郊外春游，好好享受享受春光，气温就奔出三十度，太阳晒得人蔫蔫的，哪还有心思出去。紧接着是梅雨，天空很低，气压也很低，空气里的氧气好像不够用，让你总觉得胸口闷闷的。所有的角落都潮乎乎的，至少有一个半月的时间，你洗的文胸啊内裤啊，根本晒不着太阳，全靠阴干，总让你觉得不那么清爽。身上好像也生霉了似的。梅雨一过就是黏糊糊的炎热天气，能持续到阳历十月份。大家都是靠一台直径二三十厘米的小吊扇吹风睡觉，吹着的一面会凉快些，贴着凉席的另一面总是汗涔涔的。唯一的办法就是翻来覆去地翻转身体，这样容易造成失眠。秋天也很短，短得来不及展示亮丽的春秋装，你就必须穿上笨重的棉衣，否则就会冷得受不了，感冒时有发生。尽管廖静十分小心地保护着自己，仍然无可避免地生了冻疮。她抱着红肿的脚，想着这一年四季里遭受的种种委屈，就非常恨，恨死了这个城市，她对虞澄说等毕业了无论如何要离开这个城市，她一点儿也不喜欢这个城市。

可她又能怎么办呢，唯一发泄的方法就是淌眼泪，她一哭就会不自觉地想家，想念家乡凉爽的夏天和温暖的冬天。她越想越觉得委屈，哭得十分悲伤。

冬天一过，她们就自觉地分开睡，她觉得自己渐渐适应了乌城的气候。她不再发牢骚，牢骚也没有用，气候不会因为她的牢骚而有任何改变。有一次虞澄闻了闻梅雨天里好像永远也晾不干的内衣后，狠狠地将它从窗口扔了出去，嘴里不停地叽咕着，她用最狠毒的咒语诅咒着乌城的天气。廖静笑了，你叽叽歪歪地说什么呢，何必给自己找气受呢。廖静说着也闻了闻自己的内衣，那上面沾满了阴天的味道。廖静笑嘻嘻地钻进被窝，换好内衣下了床，拿起脸盆和洗衣粉到盥洗间清洗刚换下的衣服。她一边搓衣服一边和虞澄聊天，廖静说这还得感谢你呢，至少冬天过得去了，要不是你，我恐怕真的会疯掉。虞澄咯咯笑了，脸上布满莫名的红晕。她说那好啊，今年冬天我们还睡一起，免得你一个人缩在被窝里哭鼻子，搅得一宿舍的人都爬起来安慰你。廖静脸红了，你就会揭人家短，我现在已经不那么难挨了。

在一块儿睡的冬天里，廖静和虞澄聊得最多的就是感情问题，有时候聊兴越来越浓，深更半夜都不睡觉，还不时发出哧哧的笑声，搅得其他女生一起骂她们是两只发情的母猫。她们就钻进被窝，蒙着被子继续聊，有时互相逗弄，搔痒，咯咯笑着把被子都蹬掉了。虞澄问廖静，追你的男生那么多，你怎么就没看中一个。廖静想了想，没吱声，反问虞澄，喜欢你的男生更多，你为什么总是冷眼对人家呢。虞澄撇了撇嘴说，你看那一个个男生，贼眉鼠眼的，我看不上，甚至看一眼都觉得恶心。廖静就列举了几个男生的名字，说都还不错的呀，你怎么会觉得恶心呢。虞澄说哎呀你怎么这么烦，我就是恶心。

虞澄想到她跟石伟的初次，她觉得恶心，这种感觉一直挥之不去。

廖静笑起来，不经意地挠了一下虞澄的胳肢窝，虞澄也笑起来，也去挠廖静的胳肢窝。两人又互相搔起痒来，四脚乱蹬。廖静痒得受不了，使劲儿一蹬，被子又掉到地上。在微弱的光线下，看着虞澄光裸的身子和高耸的乳房，那种隐隐发作的兴奋感又跳出来。廖静自然而然地碰了一下虞澄，她因为寒冷有些发抖。虞澄麻利地捡起被子盖好，然后张开双臂抱住廖静，嘴里直喊冷死了冷死了。

15

新婚之夜，我毫不费力地把虞澄抱到床上，问她可不可以让我这只癞蛤蟆开吃天鹅肉了。虞澄撇嘴一笑，指了指窗外说你看今晚的月色多好。我没有心思看月亮。我们热吻了一会儿，等我要去脱她的衣服时，她猛地推开我，说有点儿胸闷，不如我们去阳台呼吸呼吸新鲜空气吧。我只好陪她到阳台上呼吸新鲜空气，看月亮。看月亮的时候，我又从后面抱住她，小心地褪去她裙子的吊带，摩挲着她的肩膀。虞澄又说有点热，要去冲个凉，说着就返回屋子，钻进盥洗间。我只好躺回到床上，将床头灯调到柔和的光线。我美滋滋地想象着将要发生的一切，欲望再次腾起。我支棱在床上，都有点酸痛了虞澄才出来。睡衣将她的身体裹得严严实实，只露出一小截粉白的脖颈。虞澄说她想睡了，说完就背对我闭上眼睛。我没有多想，继续磨蹭她。新婚之夜，我要完成我们的第一次，这是再正常不过的诉求。虞澄终于禁不住我的磨蹭，答应了。我要脱掉她的睡衣，她没同意，她的手远远地避开我们的身体，好像会被扎伤似的。虞澄的眼睛尽量不往下看，而是盯着床头墙壁上的一幅油画，目不转睛。我仍然没有多想，女人的第一次会出现各种各样的可能，没什么好多想的。就是我想把她的睡衣多往上撩起一些，以便我们的皮肤能更多地接触，她仍然坚持要完全遮盖着的时候，我仍然没有多想。

大师兄怀疑得对，虞澄不是个处女。她都二十八九了，怎么可能还是个处女呢？不过我也没有当回事。在我们学医人的眼里，那一小圈乳白色的处女膜仅仅就是女性生殖器官里的一个组织结构，破了也就破了。就像一颗乳牙，不管是不小心绊倒磕掉的，还是自然脱落，它总归是要掉的。当然了，如果那颗乳牙的确是因为绊倒磕掉的，我肯定想知道是什么时候，是怎样绊倒的。就是说，我希望虞澄在事后能主动告诉我，她的处女膜是怎样破的，谁弄破的，运动的原因，别人，还是她自己？她当然也可以选择沉默，或者说忘了，这也很正常。

虞澄果真选择了沉默。

潦草结束后，虞澄就爬下床，钻进盥洗间。我想搂着她入睡，可是她许久未出来。我下了床，来到卫生间门口，侧耳细听。盥洗间里传来哗哗的水声。我打开盥洗间的门。虞澄还在清洗，听见开门声，她慌忙站起来，把我推出来，从里面反锁上。我摇头一笑，仍然没有多想。

我睡着的时候，虞澄还没出来。

蜜月一过，我没有像同事们想象的那样萎靡不振地回到岗位。私下里他们都说我，个狗日的，凭什么就娶到虞澄了呢！关系好一点儿的则拍拍我的肩膀，兄弟，保重身体。

令他们失望的是我依然精力充沛，面色红润。同事们更加羡慕我了，说一结婚老婆就那么疼你，没把你收拾得东倒西歪真是不可思议啊。我佯装出明朗的笑容，其实内心正被一道阴暗的冷风吹疼。

一个蜜月三十天，按照我的想法，我们应该有着如鱼得水般的夫妻生活，至少每天一次。可这只是个幻想。蜜月里我和虞澄一共做了三次，包括新婚之夜的那次。此后每十天一次，蜜月即告结束的前一天，我强烈要求第四次，虞澄终于不再像前面几次那么勉强，而是十分坦然和轻松地笑道，我来例假了。

对一个新婚男人，对两个爱意缠绵的新婚夫妻，这样的蜜月正常吗？在后来的很长一段时间里，我曾怀疑过自己，怀疑别的夫妻也是这样的。但很快相关而来的数据就把我推翻了，我傻眼了，原来我的怀疑都是错误甚至根本就是荒唐的。我居然还心存侥幸。

每次我都对虞澄说，亲爱的，让我们把衣服都脱掉吧。虞澄巧妙地拒绝，并让我也不要脱去睡衣。虞澄笑着说你难道不觉得我们的身体太脏了吗，我们每天要刷牙、洗澡、排泄，才得以保持身体的清洁，而性行为只会把我们的身体弄得污浊不堪。亲爱的，我们保持干净都还来不及，为什么要主动糟蹋我们的身体呢？

没道理，我们的行为建立在合法、爱的基础上，怎么可以说是肮脏的呢，你这不是在否定我们的爱情吗？再说了，就是有点脏，可人家都不怕脏，为什么单单我们要怕，要拒绝这脏呢？

哦，你也承认脏了，我就是不喜欢那脏。

亲爱的，可是我想要，我们没有理由拒绝那属于我们的幸福。

不，亲爱的，你不能偷换概念，幸福的幸是幸运的幸，不是性爱的性；你看，这个性字和牲口的牲多么相近，我讨厌这个字。

我不得不承认，我总是说不过虞澄，也不得不接受了这样一个事实，虞澄是一个严重的洁癖患者。在一起缠绵时，她只允许我将她的睡衣撩起到大腿根，而我也不能袒胸露背。她巴不得我穿着完全封闭的袋式睡衣，只要在下面开一个能让我钻出来的小出口就行了。然后她会及时地帮我戴好避孕套，满意地说这下没关系了，亲爱的，你可以来了。她拒绝我的手指触碰到她脖子以下的任何部位，更别说其他的方式了。

没错，我和妻子虞澄有夫妻生活，但我只能给这样的生活打四十六分，离及格都还有一大段距离。四十六分，一个憧憬着未来的学生，当他考试的结果公布出来是大红的四十六分时，他该有多么的仓皇和不安啊。

更令我不堪的是每次结束后，虞澄就会不厌其烦地清洗，乐此不疲。我很烦躁，当她在卫生间里弄得水声四溅时，我感到有些气恼、郁闷和羞辱。有那么脏吗？很显然，虞澄陶醉于清洗的过程和结果，她很满意，她的脸上又恢复了一个漂亮妻子应有的妩媚和温柔的微笑，这在我们做爱的全程中都是难得见到的。

除了保持自身的清洁，虞澄也不允许家中有一丝秽迹。地板每天擦一次，每顿饭后碗筷必须消毒，茶杯定期清洗，洗干净的衣物先要全面检索一遍，看有没有沾着毛发。那些衣服，浅色系的要单独洗，深色系的要单独洗，毛织品和化学纤维材料的，也要分开洗。每天早起后，她要做的第一件事就是把枕头上、被子上掉落的毛发捡起来，然后抱着被子到阳台上抖搂一番，将肉眼看不到的皮屑抖落。有一次她跪在地上擦地板，我从后面看着她圆润紧凑的臀部，在紧身的牛仔裤下是那样勾人心魄。我冲过去，抱住她不松手。我想和她在地板上行事，她脸一沉说你有没有弄错，地板上多脏呀，你知道一平方厘米有多少细菌吗？她又举起一根弯曲的毛发，举到我面前，说你以后注意点，发现这些东西要顺手捡起来，记住了吗，亲爱的。我一下子就软了，比哭更伤心地笑了笑。

她可以把所有的时间、精力倾注于居室的卫生，做这些的时候她是那么细致，快乐，完全是一个满足于所有生活内容的小女人。你甚至会以为，这是一个幸福无比的女人。她会播放一些好听的音乐，和居室里祥和的光线、洁净的器皿一起沉醉。她买来初绽的鲜花插进意大利花瓶，每天换一次水。当第一枚花瓣开始凋谢，她就扔掉整束馥郁的玫瑰，好不让自己看到烂掉的或蔫了的痕迹。她担当起所有的家务，从来不让丈夫伸手。当她把这一切都打点停当，就会躺在沙发里，抬起粉白的小腿，在半掩的窗帘投射进来的阳光里微笑着观察自己半透明的肌肤和脚丫。或者翻开一本书，比如《挪威的森林》《在北京奔跑》，吃饭的时候和老公谈论书中精彩的章节。

对这样一个妻子，我本不该挑剔，我能说什么呢！

跟虞澄一起读书的时候，我故意翻出心理学界的一本案例专著中的《云林遗事》那篇，摊到她面前。她当然也知道书中关于中国古代第一洁癖患者倪瓒的故事，却不以为然，说人家活到 74 岁，在古代也算凤毛麟角的长寿之人，还不是良好卫生习惯带来的好处。然而我想让她关注的根本不是寿命长短的问题，而是倪瓒让自己新娶的爱妾赵买儿沐浴了一夜，还是觉得人家“不干净”，气得赵买儿干脆让他写了一纸休书把自己休掉的细节。

16

大四寒假回到学校，廖静从传达室拿到一封信，居然是虞澄从羊城寄到学校来的，大致意思是说，放假回到羊城，不知道为什么老是想你，居然做梦也梦到你。本来打算跟妈妈去泰国度假，可是无心出去玩……廖静拿着信冲了出去，冲向校门口，因为虞澄一下火车就打来电话，说马上就到学校了。在校门口，虞澄正走下出租车，廖静冲上去，紧紧抱住她。

天依然很冷，虞澄发现廖静的手又冻肿了，便把自己的手套给了她。晚上她们一起去逛街，还到酒吧喝了点红酒，睥睨了一圈，觉得不好玩，就匆匆回学校了。回到宿舍，虞澄先洗好了，廖静还在洗脚。虞澄说，我来替你洗吧，平时都是你袒护我，现在也让我关心一下你。廖静说讨厌，但没拒绝。虞澄就帮廖静洗脚，刚下手的时候，她有些迟疑。廖静说你嫌脏就算了，虞澄赶忙将手伸进脚盆，捉住廖静的双脚。廖静躬下身，双手捧住虞澄的脸蛋，说你变了，不怕脏了。虞澄摇摇头，才不是，只是你我之间没有这个概念罢了。虞澄去倒掉洗脚水，回来后，廖静已钻进被窝。虞澄有些迫不及待地钻进去，紧紧抱住廖静。

有一次，廖静梦见她们谈论过的一个男生抱着一大束玫瑰花来到女生宿舍楼下，廖静以为他是来找虞澄的，恰好虞澄不在，便告诉男生，你不要再找虞澄了，她不喜欢你。男生笑了笑说，你误会了，我是来找你的，我想把这些花送给你。廖静笑了，高兴地接过玫瑰，这时候虞澄几乎是冲了进来，也不吱声，抓起玫瑰就一阵撕扯。花瓣像雨一样在空中飘着，落得桌子上、床上、地上到处都是，玫瑰花枝也横七竖八地到处都是，那场景又美丽又凄厉。男生消失了，紧接着廖静看见一片陌生的荒地，她赤着脚，在荒草丛生的道路上奔跑着，虞澄就在后面追赶。虞澄不但赤着脚，还赤裸着身体，只穿一条三角短裤，弹力棉面料的那种。廖静惊慌失措中回头看了一眼，只觉得那条玫瑰红的短裤特别刺目，而虞澄胸前两只剧烈摇晃的乳房简直就是两头恐怖至极的怪物。她再也跑不动了，惊恐地哭喊起来，却喊不出声音。她只看到眼前一片炫目的白光一阵闪动，呼吸就被堵塞住了，她感到越来越窒息。

廖静惊醒，发现自己出了一身冷汗，同时发现自己窒息的原因，原来她的脸正埋在虞澄的胸间。廖静长长舒口气，为那只是一场噩梦而庆幸。

此刻，毕业后的去向成为两人关心乃至有些焦虑的问题，不过她们谁也没有挑明问对方，你是不是要回东北，或者你是不是要回羊城。虞澄倒是提了一句，要不你跟我回羊城吧，廖静说，那我离家乡真正是天南地北了，不去，再说去了也养不活自己。虞澄说，让我爸养你，他有的是钱。廖静掐住虞澄的脖子问她什么意思，让我做你爸的小三吗？虞澄蹬开廖静，说你想得美，我是说让他多养一个闺女，他在海边有座房产，平时都空着，你跟我回羊城的话，我们就住在那里，不用工作也不愁吃喝。话说至此，虞澄算是把话挑明了，廖静反倒犹豫起来，她没再说什么，而是用脸盆端着衣服去了盥洗间。

天气变暖，两人再次分床，关系却不同于从前而是因此冷淡下来。在此之前，谁也没意识到这种面临毕业的茫然和不确定性会如此沉重，其结果是两人都心照不宣地选择继续留在乌城。

两人学的是编导专业，廖静到电视台实习三个月，实习结束后找到一份工作，是本地一家大型国企的宣传部门。虞澄则在寒假到来之前参加了乌城医科大学研究生的考试，这事儿廖静是知道的，但两人谁也没指望她能通过专业测试，不料虞澄却收到了面试通知。面试回来后，廖静有些漠然又期待地问结果，虞澄也同样漠然地点点头说，通过了，心理学专业。

廖静被通知八月初正式上班，虞澄则按正常时序开学，只是她们都要离开这座待了四年的校园和朝夕相处了千百个日夜的寝室了。廖静把行李拖到单位安排的单身宿舍，在江北的山里，景致倒是好的，就是太远，听说轻轨正在铺设，但一年后的预期通车时间听上去依然显得遥远。虞澄帮廖静送行李过去，在郊区她的宿舍过了一晚，只是一夜无话。第二天，两人早早起来，洗漱完毕，到楼下胡乱吃些东西，一起坐公交返回学校。

回到宿舍，另外两个女生已经离开了，满地狼藉。虞澄坐在床沿发呆，廖静忽然吧嗒吧嗒地掉下眼泪，虞澄捧起她的脸蛋，凝视着她的面容。直到这时，虞澄和廖静都同时意识到，她们就像是一朵双生花，茎叶里都流淌着毒液，她们的身体被自己的外表和精神相互爱抚与撕扯，争斗不息。它们用爱表达着伤害，也用伤害表达着爱。它们甚至愿意被对方杀死，任何一方死亡的时候，另一方也会悄然腐烂。

17

工作期间，因公差或学术活动的关系，我有许多机会回到乌城。乌城总是充满阳光和清爽的空气，这是阴郁的南方所不能给我的。

郝波一直杳无音信，像飞走的候鸟，却没再回乌城，也许他在迁徙的旅程中遇到了危险？抑或找到了更好的栖息地？他对自己的心理疾病曾一再表示不安，但只问过我两次，他对我一直抱有某种期望。他爱廖静，希望能和她厮守，可又担心自己的疾病会给对方带来伤害。很多时候，他不得不有意避开廖静，尽量保持一些距离。郝波无助地望着我的情形一直在我脑海里打转，令人歉疚。有解决的办法吗？我垂下头，我能说什么呢，只能用沉默回答郝波，并用沉默向他致歉。郝波拍拍我的肩膀，算是对我的谅解和安慰，接着又安慰我说快了，这一段时间他总有种隐隐的感觉，感觉问题就快要解决了，然后就是他跟随廖静在乌城的消失。

等我从南方重新回到乌城，回到导师身边继续攻读博士时，郝波也回到了乌城，那时他跟廖静已经分手了，这是后话。但从始至终，我一直没有放弃对他病情的研究。究竟是什么巨大的力量挟持了他的青春期乃至整个人生，这是不可知的，早已大大超越我研究的范围。恰恰是因为这样的超越，使我从另外一个角度重新认识了郝波，也使我看清了某些事件的真相，或者说作用。

当初我们都还在乌城的时候，郝波和廖静的花店开张不久，也就是我读研三那年上学期，已经毕业的虞澄回过一趟乌城。出乎意料的是，廖静和虞澄一见面，都面露尴尬之色，非常明显。她们分别看了看身边站着的自己的男人，又互相看了一眼，彼此尴尬地笑了笑，一副讳莫如深的样子。

吃过晚饭，两个女人说要聊聊天，然后就躲进屋子里。这一聊不要紧，两人居然坐在床沿聊了一个通宵。屋子里的灯始终亮着，郝波去敲门，说小静呀，虞澄远道而来，想必是很累的，你让她早点儿休息吧。虞澄说，没关系的，我一点儿也不累，你不用操心。我也去敲门，隔着门问虞澄，要不，我先去睡了？门里面传来廖静偷笑的声音。虞澄倒是回答得干脆，你先睡吧，别忘了洗澡！

我哦了一声，悻悻离去，还没走几步，门突然开了，是虞澄。我有些惊喜，以为她舍不得扔下我不管，便跟出来了。谁知她只是交代了几句，洗澡换下来的内裤袜子你不要自己洗，你放那儿我回去洗，我的内衣不要挂到壁橱里去，就放在箱子里不要动，等等。我诺诺地点头，其实什么也没听进去。

第二天醒来的时候，虞澄居然不在身边，郝波正好赶来，要带我们去一家好吃的早点铺。我们赶到虞澄和廖静的房间，灯还亮着，却没有声息了。敲了几下门，也没有回应，郝波拿出房卡，我们推门进去，看到眼前的情景，我和郝波不禁哑然。只见虞澄和廖静正和衣而卧，虞澄侧卧着，一条腿搭在廖静的身上，廖静一条胳膊搭在虞澄身上，脑袋几乎埋进虞澄的胸部。

我和郝波只好悄声退出。她们显然聊到很晚，以至于后来就歪在床上睡着了。

一直到中饭前，虞澄和廖静才醒来，我和郝波被她们的笑声吸引。我佯装责备虞澄，聊到那么晚干吗，人家廖静还要去花店忙活呢。廖静哈哈大笑，说虞澄来了，关两天门也没什么呀，我和虞澄聊得可投机了。两人说着互相对视了一眼。郝波也责怪廖静，说那还用说吗，只是你害得一个人独睡了一夜，也不知道为别人考虑考虑。

临走的时候，虞澄一再邀请廖静带郝波一起去南方玩，我当然也希望郝波能出去走走，这样对他的疾病也许有所帮助，便满口许诺，我愿意陪他们一起去，去看看我毕业后便将奔赴新生活的所在。廖静满口答应，眼神里似乎有某种期待，或者说隐约的渴望。那期待和渴望是什么，我说不清楚，我相信郝波也不可能说清楚。郝波说，花店的业务不是能轻易放下的，人都走了怎么办。廖静一噘嘴，说不要光想着挣钱嘛，这又不是生活的全部。郝波点头称是，于是我们约定了行程，秋天里就去南方找虞澄玩儿。虞澄和廖静手拉着手，兴奋地讨论着去南方以后的一些活动，不时地挤眉弄眼。虞澄说我们可以去海滨浴场，那里的海水多么多么蓝。廖静兴奋得像个小女孩，说我还从来没见过大海呢。我就在旁边嘲笑她们，说你们刚一见面的时候那么尴尬的样子，这一转眼，就如胶似漆起来了。虞澄和廖静放声大笑，笑得前仰后合。郝波白了她们一眼，递给我一根烟说，女人是不是都这样，神经兮兮的？我点着烟，吸了一口，又把烟雾吐出来说，可能是吧。

可是没多久，就传来廖静重病的消息，幸好通过导师的关系，联系上了乌城最好的专家。廖静获治了，可是我们也没能一起去成南方。

虞澄对廖静的病情也表现出极大的关注，甚至想要亲自来一趟乌城张罗专家会诊的事。我让她放心，都联系好了，你来了也帮不上什么忙。此后，虞澄仍然不断询问我事情的进展，有时候干脆自己打电话给郝波，询问廖静的病情。直至廖静病愈出院，虞澄才不再一天一个电话。我不禁笑她，说就是你妈生病，也不至于这么紧张吧，虞澄就嗔我，说你们男人哪懂得女人间的心思。

虞澄又打电话给廖静，让她养好身体，等恢复健康了，就可以来南方玩儿了。可是这之后没多久，郝波和廖静就离开了乌城。

第四章　满灌疗法

18

电脑主机坏个把月了，海军自己鼓捣两回也没弄好，只好拨通售后服务电话。接线生让他把主机抱过去，海军问，不是上门服务的吗？服务生问什么时候买的？海军说，今年5月份，没错，是5月11日，我记得很清楚。服务生说，我们现在人手不够用，你想上门也可以，那得等。海军又问要等多久？服务生说那就很难说了，快点也得三天。海军叫起来，三天！现在都是二十四小时上门的呀。服务生有些不耐烦，说那不可能。海军没办法，抱怨了一通，你们这算什么，买的时候说得比蜜甜，出了问题又推三阻四。

接线生把维修点的地址告诉完海军，海军啪地挂掉电话，三下五除二拔掉连线。主机盖上积了一层厚厚的灰尘，海军找来一块抹布擦拭了一番。

修电脑的地方窝在一条小巷子里，屋里光线灰暗，拥挤不堪，像一个冠冕堂皇的人不能外露的部分。海军抱着主机钻了好几条胡同才找对位置，双臂都酸了。待修的机器非常多，机主一个个都巴巴地等着，指望赶快轮到自己，好离开这个闷热的鬼地方。海军的额头早已出汗，衬衫贴在身子上，洇湿了一片。照眼前的情形看，轮到他还不知得等多久，海军干脆来到店面外边的巷子边上，点上一支烟，狠命地猛抽了几口。

一男一女两个年轻人从巷子口拐进来，男的手里提着台摄像机，女的手里拿着个话筒，两人有说有笑，很亲密的样子。看见海军的时候，两人忽然停住了，脸上掠过一种让海军看不懂的表情。但那表情一闪而逝，随即就恢复了平静，却不再有原先轻松的微笑。海军感到奇怪，巷子边就他一个人，他不知道他们为什么看见自己时竟有那样的反应，尽管他还没来得及抓住那个一闪而过的表情。他低头踩灭扔到地上的烟蒂，看到自己下身穿的警裤，心里闪念了一下。

一男一女小声嘀咕了几句，已来到海军面前。

“您好，请问深蓝电脑维修中心怎么走？”女的问。挺漂亮，微笑，彬彬有礼。“这不就是嘛。”海军指了指头顶的招牌。女的溜肩短发，乌黑发亮，身材看上去相当不错。海军觉得那张脸长得很不坏，他甚至有点喜欢，同时觉得她刚才的问话实在有些多余，好像是在明知故问。

男的已把摄像机扛到肩上，走到巷子的另一边，对着维修中心的门面扫了一圈。女的站在海军旁边，微笑着对他说了声谢谢，然后看着她的“同事”。海军突然想起来什么，就问那个女的：“你们是记者？”

“是呀，怎么了？”

“来采访这儿的售后服务情况吗？”

“是呀，怎么了？”

“太好了，不碰到你们，我还真想不起来，我想向你们投诉他们的售后服务，情况是这样的……”

“您反映的问题很有普遍意义，我们接到过许多投诉电话，才奔这儿来的，他们作为一家品牌厂商……”女记者正说着，一个经理模样的人已走出来，又是要跟她握手，又是向扛摄像机的男人敬烟，一脸谄媚的笑。摄像师挡开经理敬烟的手说，麻烦别挡镜头，说着就要往里冲，并把黑乎乎的镜头对准店铺里面。经理模样的人左挡右遮，一把攥住女记者的手腕子，把她拖进店铺，说咱们到经理室谈谈，二位大驾光临，先喝杯水再工作，说着直向女记者递眼色。女记者好像很无奈的样子，笑着让摄像师先别拍了，别太浪费电池。

海军跟着他们走进店铺，经理把女记者和摄像师让进经理室，由于经理室和外面的操作间只隔着一道透明的玻璃墙，所以里面的情形看得一清二楚。经理继续递烟、敬茶，好像都被拒绝了。经理又让座，也被拒绝了。经理抹了一把额头，继续谄媚地笑着，频频点头，又不时地摇头。海军看在眼里，乐在心里，爽得直在心里骂娘。他看见经理抓起电话，连连点了几下头，放下电话后，好像示意两位稍等一下，便从经理室走出来，挤过人堆，奔一间密封的屋子走去。从海军身边挤过去时，他重重拍了一下经理的肩膀："嗨，我都等个把钟头了，什么时候能轮到我？"经理哆嗦了一下，钻老鼠洞似的钻进一间密封的屋子，麻利地关上门，好像还反锁上了。

海军又往经理室里张望，只见两个记者正在交头接耳说着什么，还不时微笑。女记者似乎注意到海军正在观察自己，微笑着朝他摆了摆手，笑容迷人。海军点头示意，微笑回应。

很快，经理从那间密封的屋子走出来，一只手插在裤兜里。钻进经理室，他背对着海军，海军看见他好像在递出什么东西，东西被接过去，摄像师把东西往裤兜里塞的时候，海军约莫看见那是个信封。经理回到自己的座位，海军看见女记者正在拉上随身挎包的拉链。两个人好像要告辞，男的先走出来，女记者也跟着走出来，从海军身边挤过去。女记者的发梢触到海军的下巴，痒痒的，她身上香水的味道很好闻。他不知道这种香水的名字。应该给女朋友买这种香水，海军想。

经理送出门，女记者和他握手道别，又突然想起什么似的说："差点儿忘了，那位先生是我一朋友，他来修机器，正好碰上了，请陆经理关照一下。"女记者说着指了指海军，又向他投来一个微笑，挥手说拜拜，就转身走了。

海军受到优待。本来主机只需要换个小零件，在经理的亲自督导下，除了全面检修一遍，还换了个性能更高的CPU，另外免费加插了一根四兆的内存条，乐得海军直叫唤，再碰到那个女记者，非亲她几口不可。

晚上和女朋友做爱的时候，海军的脑子里忽然闪过白天遇到的那个女记者，主要是她身上的香水味。事后女朋友满意地说你今天的表现可真棒，海军默然。

19

决定生孩子那次的夫妻生活的前一个月，我跟虞澄提出过离婚，我要和这个除夫妻生活之外无与伦比的妻子离婚。结果可想而知，所有认识我和了解虞澄的人都说我是幸福得昏了头，都将我视为无耻之徒，可恶的混蛋，愚蠢的臭男人。虞澄委屈地哭了，眼泡肿起老高。她说我有什么不好，我不就怕脏吗？可我在你面前表示过不高兴吗？相反，我从来都是迁就你，可是你迁就过我吗，你为我着想过吗？

虞澄说得有理，好像我再闹下去，就是一个地地道道的愚蠢的臭男人了。远在北方的父母也急匆匆地赶到南方，气急败坏的父亲一见面就朝我脸上啐了口唾沫，哆嗦着手说你个孽障，我们家祖宗八代修的福都修到你身上，才娶了个这么好的媳妇，你竟然要离婚，我看你敢。因为难以言明的原因，我无法和父母争辩，我相信如果说出闹离婚的真正原因，父亲也许能理解他的儿子。我相信他会深锁眉头，抽一支烟，最后猛地站起来，用力摁灭烟蒂说，这样的老婆，不要也罢。

闹离婚没成功，我只好将这次闹腾解释为对虞澄的治疗手段。作为一个医学工作者，虞澄有着近乎极端的心理洁癖，听上去荒唐，却无可避免。事已至此，我只能奉劝自己积极面对两个人的生活，我以为凭自己的专业能力可以治愈虞澄。我先搬出先人的古训，说亲爱的你应该明白吃饭和性爱是一样平常的事情，从古至今，历来如此，都是家常生活必不可少的一部分。虞澄莞尔一笑说，亲爱的，难道你没注意，如果感到我们面前的食物有一点点不洁净，不是看到，哪怕只是感觉到，我都要把它倒掉。我说可是你就是吃下去又能怎么样呢，你以为干净的东西就真的干净吗？虞澄说那没关系，只要我以为干净就行了，而且我不相信我以为干净的东西会不干净。

你这是假干净，世上没有绝对干净的东西，干净只是一个相对的概念。说着，我就用力撕扯虞澄的衣服，我想给她制造一些被征服般的羞耻感，从而使她渐渐适应和屈从于这种羞耻，变得顺从起来。然而并没有用，三次之后我就放弃了。每次虞澄都会发出一阵惊呼，双手用力地拍打我，身体快速躲闪。我闷吼一声，用脚踹虞澄的屁股，把她从床上踹下去，跌倒在地上。

我知道虞澄有使用酒精棉球的习惯。一起在乌城医科大学习的那段时间，我已了解她的洁癖症。这种症状同样渗入虞澄的两性观念，成了一个重要组成，这恐怕是她本人都意识不到的。每次过后，她都把自己锁在卫生间里，用酒精棉球擦拭下身，气得我恨不能把门给拆了。我指着满满一桶卫生棉球说你至于吗？因为我刚刚闹过离婚没多久，虞澄也没有和我理论。

亲爱的，你有没有想过，这样子下去会使我阳痿的，这是不是正中你的下怀？对于我的委屈，虞澄嫣然一笑，仿佛她果然是这么想的。我敢和你打赌，如果我阳痿了，虞澄一定会开心，她会高兴得面若桃花，向全世界宣布她的丈夫阳痿了，并将之视为自己有生以来最大的医疗成果。当然，她会更加爱我。她的丈夫阳痿了，所以她更加爱他。如果你敢跟我打赌，我肯定是赢的一方，否则老子愿意把两个火力充沛的肾脏让给你一个，让你有三个肾。

我为此大闹过几场，虞澄总是能以柔克刚，从不吱声，绝不争辩。她还不如和我吵一架，那样我兴许能舒服些。

当然，除了夫妻生活，我完全是一个幸福的男人。对我的饮食起居，虞澄的管理井井有条，可谓精到。每天早上一起来，她已经把牙膏挤好了，搁在杯沿上，杯子里是一杯清水。她嫌我用的牙膏量少，说你们农村长大的孩子，是不是在这点儿小事上都那么抠门呀？随即她又说，不过，亲爱的，我就喜欢你这种节俭的美德。我嘀咕了一声，狗屁美德，就是习惯罢了，你总是喜欢用超越了事物的褒义词总结它，你们城里人也不会都像你这样子吧。

胡子是每天都要刮的，润须水、刮胡刀这些东西，我从来无须操心，以至于我后来不得不单独操办这些东西的时候，常常忘记换刀片或者清洗刀头。如果虞澄出差几天，回来后发现我没刮胡子，她就会嗔怪一番，之后又笑容满面地说，这也不能怪你，都怪我没打电话提醒你。

洗脸的时候，虞澄喜欢站在旁边看着，手里拿着毛巾，一待我冲洗干净，就扑上来替我擦脸，轻柔而仔细。要是我自己擦，她就会捧着我的脸检查一番，一点儿没洗净的眼屎，一根沾在颧骨上的自然脱落的眉毛，都逃不过她的眼睛。我就只有重新洗脸，重新涂抹洁面乳。有一次她出差北京，一大早就听到门锁开动的声音，接着是咣当一声，门被重重推开。我以为是她提前回来了，赶忙起床，原来是虞澄的母亲。丈母娘一脸愠怒，嘴噘得老高，手里提着早点。丈母娘把早点往餐桌上一扔，也不说话，径直到卫生间里放好洗脸水，挤好牙膏，然后拧干毛巾，站到旁边等我。我很尴尬，局促不安地刷了牙，洗了脸，丈母娘就冲过来替我擦脸。我感到别扭极了，想要抢过毛巾，谁知丈母娘一把打掉我的手，举着毛巾像抹桌子一样在我脸上抹了一通。她大概终于忍不住了，一边抹我的脸一边说，你看澄澄把你惯成什么样子了，天还没亮就打电话给我，交代这交代那，我的天老爷，这些事情你自己不能做吗？

我苦笑，拉丈母娘坐下来，和她聊了将近一个小时，终于使她明白我在这些方面不但不需要任何人照顾，我甚至有照顾十个人饮食起居的能力。可是爱情这个东西是说不清道不明的，尽管医学上已经确诊为这是一种精神疾病，可是我们能有什么办法呢。妈妈，澄澄是那么爱我，我也那么爱她，如果我不容许她为我做这些事情，她会多么伤心而我也会非常歉疚。妈妈，我倒希望你能和澄澄好好沟通沟通，不但在日常生活方面，而且在夫妻生活方面。说真的，我感觉和澄澄一起生活两年来，我各方面的能力都严重退化了，我就快要成为一个废人了。

20

从维修中心出来，廖静背着挎包，走得铿锵有力，双峰挺拔，好像有许多值得骄傲和高兴的事情。一辆出租车擦身而过，郝波对着后视镜连连招手，车子缓缓停下来。郝波为廖静打开车门，廖静没吱声，坐到前面的副驾驶位子，郝波坐后边，把摄像机放到旁边的座位上。廖静只告诉司机要去的地方，然后便又恢复了沉默。车子开了一会儿，车上的三个人像三个哑巴，都不说话。司机大概嫌闷得慌，就打开收音机，搜了一圈又关掉了。司机开口了，说一搭眼就能看出来二位是电视台的记者，又说现在的人是他妈的越来越坏了，都该好好曝曝光，该把肠子翻出来晒一晒。司机还说，现在出租车的生意越来越难做，累得要死要活，苦俩钱还不够出租公司抠巴的。司机说这些的时候，廖静只嗯啊地点着头，并不说什么，司机的唠叨和她能有多大关系呢。但司机说到生意难做时，廖静还是开口了，问他属于哪家出租公司。司机报了名字，廖静说这家公司挺大的，难道操作也有不规范的地方。司机说，天下乌鸦一般黑，要是规范，我们做司机的也就没什么好抱怨的了。你们记者真可以好好去采访采访，也为咱老百姓说句公道话。廖静认真地听着司机唠叨公司的种种收费名目，种种不是，并从包里拿出小本子，认真记了几条。司机更来劲儿了，侃侃而谈，恨不能把自己知道的全都说出来，并且嘱咐廖静，这一条最重要，你记下来，一定要记下来。反映情况的时候，司机满口脏话，廖静的耳膜嫌硌得慌，便也懒得理他。

回到家，反锁好房门，郝波从裤兜里掏出信封，抽出一沓百元大钞，在手里甩了两下后递给廖静。廖静接过钱，说就存你这一份吧，我那一份要用来买衣服。郝波点点头，从后面抱住廖静，努起嘴巴去亲她的耳垂。廖静甩了一下头，掰开郝波的手说，想吃什么，我去做饭。郝波抱得更紧，双手从廖静的衣领伸进去，抓住她的乳房说，我现在只想吃你。

廖静瘫软地半躺在沙发里。窗帘拉上了，阳光透过窗帘，均匀地弥漫在室内。窗外突然响起一阵警笛，由远而近，急促而刺耳。廖静全身哆嗦了一下，猛地蜷起双腿。郝波抬起头，问廖静怎么了。警笛越来越近，好像就在楼下。廖静说，你去看看外面是怎么回事。郝波说你管他呢，说着又勒头去拱廖静的大腿，可是廖静的大腿已夹得很紧，郝波拱不进去，就用力去掰。廖静蹬开他，趿拉着拖鞋来到窗口，在百叶窗上掀开一条缝隙，往大街上看。大街上什么也没有，只有刺眼的阳光和一些匆忙的人群。郝波跟过来，从后面抱住廖静。

警笛声又由近及远，越来越远，但那声音却是清晰可辨的，哪怕是很小，即使在很远的街道上已经消失了，再也听不到了，廖静的耳朵里还是驱赶不尽那种刺耳的声音。

“你说他是不是个警察？”郝波从后边抱住廖静，吻着她的耳垂问。

“谁？你轻点，弄疼我了。”

“就是在深蓝碰到的那个人，穿着条旧警裤的那个。”

“可，可能是吧，那又怎样？”廖静甩了一下头发。

“怎样？是啊，又能怎样？”

“你这是庸，庸人自扰。”

“可能是，是的吧。这样好点儿了吗？”

“嗯！”

“周瑜打黄盖，一个愿打，一个愿挨，人家愿意给红包，他管得着吗？”郝波说。

“嗯！呃……”

“我看你，就是心理素质还不到位，咱们干的就是这个，既然干了，就可以按照它的游戏规则干下去。”

“嗯！要不要……快一点！”

廖静双臂支在沙发靠背上沿，回头亲了一下郝波说：“呵！好。这也难怪，你毕竟才，才干这一行。”

“呃！再干，一段时间，咱们就收手，去另一个城市。”

“下一个城市，你想去哪里？”

“随便，济南、成都、西安，或者三线城市，都行，还有，李睿和虞澄两口子不是在羊城吗，去那里也可以。”

“我，我不去羊城。”廖静回答得很干脆。

“我无所谓，这样四处漂泊，挺好……”

“呵，我还挺喜欢这个城市，你慢点……”

郝波应了一声，放慢速度。室内的光线由明渐暗。

海军这边已经苦思冥想半个月了，也没想出个单位要求每人做一份社会调查的题目来，眼看就要交卷了，海军气急败坏地抓起一本杂志和卷纸去蹲茅坑，从茅房出来后，海军一脸的轻松，他已从那本杂志上的一篇短文里得到答案。

调查的题目很快就拟好了，海军将之打印出来，拿到文印部复印了一百份，并在社区内联系了一家百人左右的单位，将调查问卷发了下去。问卷收上来，海军看着统计结果直咧嘴，妈的，伪君子，全是伪君子。海军骂着，又复印了一千份，找到一家千人的大企业。结果仍然是一样的，千分之千的都是好人。

海军开始怀疑，也许是问卷设计上出了问题，也许问卷这种方式本身就是错误的。下午快下班时，他跟领导打了声招呼，空手来到人流量大的山西路上，双手插在裤兜里，坐在街边的条凳上，不时用后脚跟磕着街面，看上去像一个无所事事的人。他的眼睛始终盯着一个地方，没有离开过。一个穿套装的女人，手里攥着面纸，她大概想把面纸丢掉，来到离自己最近的一个垃圾桶旁。女人看到了海军故意丢在地上的钱包，愣了下神，抬头看了看四周，好像并没有人注意。她弯下腰，弯得很低，以至于上衣向上抻起，裙腰处露出一小截后腰，裙腰没能遮盖住的一线内裤的裤带也被海军看见了，但他没看清楚颜色。她本来只需要稍稍弓腰，一伸手就能将面纸丢进垃圾桶，并旋即离开，可是她的上身几乎弯成了九十度。她以极快的速度捡起那只钱包，才直起上身，手忙脚乱地将钱包塞进包里。她又看了看周围，海军赶忙低下头，装作没看见。

套装女人来到人群分散的市民广场，拣个人少的地方，坐到一张条椅上，看了看四周，拧开手中的饮料瓶。海军坐在离她不远处的另一张条椅上，他看得出来那是一瓶冰红茶。女人勒下头，从包里掏出刚才捡到的钱包。海军相信她同时能看到那张和那五百块钱放在一起的名片，那是他的名片，上面有他的真实姓名、单位，他办公室的电话和手机号码。他是特意将名片和钞票放在一起的，他还在名片上写了一行小字，注明名片上的人就是这个钱包的主人。

海军的手机响了，他脸上露出赞许的微笑，看清手机上显示的号码后，笑容又不见了。电话是女朋友打来的，海军敷衍了几句，抬头发现女人已经离开了。海军腾地站起来，举着手机，快步向那张空了的条椅冲过去，一边走一边四处搜索。女朋友在电话里说着什么，他一点儿也没听进去。还好，他很快就发现了那个女人，正在融入稠密的人群。海军瞪大眼睛，死死咬住她的背影，这才听见女朋友正在电话里“喂喂”地大声呼叫着。海军快步走向人群，边走边说我真的在办正事，不说了，分了神，我会跟丢的。女朋友显然更加糊涂了，连声追问海军，你搞什么名堂，是在帮姐夫破案吗，不能呀？！

21

在虞澄的问题上，丈母娘多少表现出一些自责，但她很快为自己找到开脱的借口。丈母娘承认，从小到大，她对虞澄一向严厉，一切与女儿相关的东西，不论是她的身体和衣服，还是她的书桌、床褥，只要有一点脏乱，马上就会遭到她没完没了的训斥，非要马上收拾干净。天长日久，虞澄难免产生一种近乎病态的恐惧，甚至她少女时代并不了解的两性活动，由于母亲对其月经期卫生状况的严格监控，使她心里也埋下了某种禁忌的种子。成年后，这颗种子萌发了，长成一片森林，外来的风都会被消解和抗拒。

我曾试图在这些表象之外寻找虞澄的强迫症有无可能是一种代偿行为，以便为她制定系统的治疗方案，但事实是虞澄是一个没有欲望的人，她是那么简单、她对周围的人与事甚至都没有过失望。对自己的工作、生活、丈夫、父母，她对这些都没有过多的要求，她就像一张纸片。所谓欲求不满，在虞澄身上似乎找不到痕迹。

我常常是在上班的路上思索对虞澄的治疗方案。早上起来头脑冷静而清醒，我会拎着公文包，穿过一条嘈杂脏乱的小巷，从一个偏门进入五羊公园。沿着公园边上的小路走上五箭地，从另一个偏门出来，再走一箭地，就到单位了。由于已经熟悉了五羊公园内的美景，我不再受景致的干扰，便能相对集中精力，思考虞澄的病理和针对性治疗方案，心中也逐渐形成了丘壑。

然而，虞澄首先得承认自己的心理疾病。

她的确承认了，并且明白整洁干净自然是件好事，但自己就是太绝对了。

那你为什么不能对脏乱多一点宽容呢？这样才能保证我们夫妻生活的稳定与正常。

我还不够宽容吗，你就不能在这方面对我宽容一点？

没法聊天。我只能以职业医生的身份给自己的妻子建立了病历档案，并提出让她配合治疗的要求。

你试试吧，但别抱指望，说起来我还是你师姐呢！

导师说过，你和师兄都只是混个学历罢了，而我不一样，我的专业水准比你们都强。我对虞澄说。

首先要做的是系统脱敏。我让虞澄把自己害怕的东西和场景、经常做的事情，从轻度到重度一一写出来。虞澄不肯，说你都知道的，你替我写吧。

那怎么可以，必须病人自己动手，这是治疗的根本和起步。

我不需要治疗。

我没办法，只好自己写下来，从洗手擦地居室卫生管理，到行走外出就餐单位活动等公众场合，最后尤其强调了虞澄在夫妻生活方面的严重障碍，可谓事无巨细。写完这些，我看了三遍，满意地拿给虞澄看，她只扫了一眼，便把满满三页纸的打印稿扔到一边。

这只是我选择的生活方式，你凭什么说这些都是疾病，我不认可。

可你是个医生，心理医生，请尊重一下你的职业。

虞澄无言以对。她从小就生活在这样一个世界里，尽管作为医生，她了解作为常规的社会人应该过着怎样的家庭和社会生活，但这对于绝大部分人来说再常规不过的事情，对她来说却只像是书本上的理论，我们梳理出来的她的病理现象和医疗小结，才是她多年来一以贯之的现实。她总是侧身行走在这个现实中，别扭却又习以为常。

谁让我是爱你的，这些我就权且收下吧。虞澄又扫了一眼。

我觉得少了点什么，便重新打开电脑，在最严重的方面，也就是夫妻生活条款里，又补充了一些细节，比如拒绝赤诚相见，比如夫妻生活后的过度清洁，以及对夫妻生活频率的超低频率响应，这些都是不正常的。我搬来椅子，坐到虞澄身边，监护着她把所有内容手抄一遍。虞澄一边抄一边嘟囔，这有什么呀，我觉得都挺正常的呀，不正常的是你们。

我说，虞澄同志，请你严肃点，我们这是在进行认知疗法，这也是为了保证我们的爱情之花能够常开不败，你没发现我这堆牛粪已经在变干变硬了吗?

虞澄摆手说，这太小儿科了，亲爱的，我难道不知道自己患上洁癖的事实和原因吗？别对我说适当地脏一下有助于提高免疫力，什么不经历风雨，哪能见彩虹，我也是对我的病人这样说的。

说说看，你都是怎么对病人进行纠正的？我问。

虞澄说，我会反复诱导他们，人只要在这个世界上，就不可能与外界环境隔绝，致病的病原体是始终存在的，人的免疫机能会主动阻止疾病发作，频繁洗手、洗衣服对预防疾病没有太大用处，大多数病原体用肥皂是杀不死的，过于紧张和焦虑反而会降低人的免疫力，容易生病。即便不生病，但强迫症也是一种严重的心理疾病，其危害超过益处。我还会告诉他们最基本的道理，细菌是人类生活环境的必要组成部分，日常接触到的众多细菌，对我们的生活与健康是有益的。如果不加选择地灭菌，就可能给那些抵抗力、适应性、侵袭力强的有害病菌开绿灯，破坏人体内及自然环境的微生物平衡，以致有害的超级细菌大量生存和繁殖。这就是许多洁癖者易患口腔溃疡、腹泻、感冒、咽炎等疾病的原因。但我都没有啊，你看我多健康。虞澄不无得意地说。

你就是个理论派。我说，你还没进入认知疗法的深层，对你这样自以为是的强迫症患者来说，你其实是拒绝强迫动作的，你会感到麻烦，多此一举，难道不是吗？但你必须接受一定量的强迫，比如把洗手的时间从三十分钟改到二十九分钟，然后是二十八分钟，最后是二十秒，二十秒的冲洗时间足以清洁我们的双手。

我做不到。

你必须做到。我说着，拉着虞澄的手来到卫生间，亲爱的，请你配合，我要从洗手开始强迫你。我抓住虞澄的手，冲了一下水，然后为她打肥皂。按照她的习惯，从手面到手背，乃至指缝都打上了肥皂，然后帮她揉搓。虞澄有些拒绝，但她毕竟力量柔弱，每当她想抽出双手时，都被我强有力地钳住了。为了使她的心理有所缓冲，我给她打了三遍肥皂，光冲洗时间就长达二十分钟，最后她的手脖都红了。

你弄疼我了。

我没搭理她，看了看钟表说，我们这次洗手统共花了二十五分钟，你认为洗干净了吗，亲爱的？

虞澄举着擦干的双手左看右看，她并不否认自己的手已经很干净了，便说这是在我的强迫和干扰下进行的，否则她必须洗到三十分钟。

我们现在定个规矩，以后只要我们在一起，由我来给你洗手，帮你擦脸，你不用管我，现在要变成我管你。

那不行，照顾你是我的一大乐趣，不能反过来，我无法接受。虞澄捧着我的脸，主动亲了一口。

我说，我不但要强迫你反转，你也要学会自己强迫自己。

我拉着虞澄来到阳台上，把她摁进我晒太阳用的躺椅里。坐着别动，我说着折回卧室，取来虞澄的眼罩，帮她戴上。

亲爱的，你要干什么？虞澄有些不安。

我们再尝试一下厌恶疗法。我说着，把医用橡皮圈套到虞澄的左手腕上说，我现在要把你的手弄脏，但你不准动。虞澄欲言又止。我用手掌在墙面上轻轻抚了下，然后抓住她的左手说，我的手刚刚摸了一下墙面。虞澄想要站起来，但被我用胳膊肘挡了回去。你现在要做的不是反抗，而是用右手捏起橡皮圈的边缘，弹自己的左手腕，来吧，宝贝，先做十下。

虞澄没办法，只好强忍着，轻轻地快速弹了十下。

不行，这样不行，听我的拍子，这次弹二十下。我开始数拍子，三秒数一下，一直数到二十。虞澄照令行使，我数到十的时候她又想站起来，仍然被我摁住了。我发现虞澄的全身开始有些微微颤抖，于是二十下一结束，便取下她的眼罩说，亲爱的，你能行的。

虞澄看着我，眼中闪出泪花。

22

“请问程总经理在吗？”

“我就是，你哪位？”

廖静没吱声，利索地挂掉电话，嘴里叽咕了一句，总算抓到你了。廖静掀掉床单，看见郝波浓密的阴毛和一根软不拉耷的没有一点儿生气的东西。别睡了，该开工了，廖静说。郝波揉了几下眼睛，扯过床单重新盖住自己说，这么早去哪儿呀，再睡会儿。不行，我打了两天电话才抓到他，迟了他可能又要离开办公室了。你说谁？郝波问。天地出租公司的程总，廖静知道如何能让郝波兴奋起来，只要让他意识到目标人物，她相信他是会兴奋起来的。郝波果然腾地爬起来，三下五除二穿好衣服。廖静笑着摇摇头，让郝波刷牙洗脸，郝波搓了把眼屎，一手抓起摄像机，一手抓住廖静，快点，你不是说迟了就抓不到人了吗？廖静被郝波抓着手腕，踉跄地跑下楼。在街边等出租车时，廖静问郝波，看我昨天买的这套衣服怎么样。郝波伸着脑袋看街上有没有空车，也没看一眼廖静就说，挺好的。什么挺好的，你根本就没注意，廖静噘起嘴。郝波转过脸，看了一眼廖静身上崭新的米兰色套装说，是挺好的，很适合你的身材和肤色。廖静仍然噘着嘴，我发现你越来越不关心我了。郝波笑了笑，揽了一下廖静的肩膀说，怎么会。

到了天地出租公司的办公点，恰好碰见好几十辆出租车停在公司大院里，几十人聚在办公楼下面。看着眼前的情景，廖静笑了，小声对郝波说，真是天助我们。郝波似乎一下子没明白廖静的意思，廖静说你笨死了，看不出来这些司机正在闹事吗，还不快拍。郝波明白过来，忙不迭地将摄像机扛到肩上，眼睛对着取景器。廖静悄悄地踢了他一脚，郝波转过头，莫名地看着她。廖静说，镜头盖，笨蛋。郝波这才发现镜头盖还没拿下来。

郝波先拍了那几十辆出租车，然后是人群、办公楼，接着将镜头转向廖静，跟着她走向人群。廖静把话筒递到一个司机模样的人嘴边，问为什么不上路，却要聚集到公司里来。一大群人围上来，一个个表情严肃，群情激愤的样子。被采访的司机唾沫星子飞溅，两手摊开说没法上路了，简直就是资产阶级，剥削人呀，上路赚点钱还不够他们抠巴的。

其他人也你一言我一语，把廖静挤得几乎没地方站立了。廖静说大家不要乱，一个一个讲，我们就是来采访天地出租公司管理问题的，大家有什么问题，尽管对着它们说。廖静指了指手中的话筒和郝波肩上的摄像机。

两个身材魁梧的工作人员从办公楼出来，挤进人群，挤到廖静跟前，客气地说记者同志，有什么问题，请到办公室谈吧。廖静说那好，还以为你们经理不愿意见我们呢。其中一个谄媚地笑着说，怎么会，请还请不来呢。人群中有人喊了一嗓子，我们也要见总经理，便立即得到响应，司机们簇拥着廖静和郝波拥向总经理办公室。两个工作人员费了很大力气，总算将司机们挡住，把廖静和郝波让了进去。

廖静主动和程总握手，说我们是城市频道的记者，因为得到司机闹事的消息，就匆忙赶了过来，没和程总事先联系，请多包涵。被叫程总的人狠狠客气了一番，接着就苦下脸来，说我们也难做呀，我们也有这样那样的困难，希望二位不要只听一面之词。廖静不客气地说程总应该清楚，反映群众呼声是我们媒体的职责，我们不会有任何倾向性，只会客观地报道事实。程总挑起大拇指，赞扬了一番，说就今天发生的事，我们刚刚已经召开了紧急会议，决定取消两项收费。廖静紧接着问是哪两项收费，是不是你们已经意识到了，这两项收费有不合理之处。程总尴尬地笑了笑，看了两眼郝波摄像机镜头上闪烁的红灯，没有回答。廖静又追问了几个问题，程总都是三缄其口，一副打死也不说的架势。

门开了，刚才的一个工作人员慌慌张张地走进来，附到程总的耳朵边说了两句什么，同时悄悄地递给他两个信封。郝波朝廖静挤了一下眼睛，廖静装作没看见。程总对工作人员说，把他们一并请到小会议室吧，你先招呼着点，我一会儿就过去。廖静发现程总的脸色变得很不好，似乎还阴毒地看了她一眼。廖静微微一笑，看来程总很忙，我们就不多打搅了，还要回去赶着剪辑呢。程总脸上立即又堆满了笑容，哈哈一笑，很老练地掏出两个信封，往廖静和郝波手里一塞说，二位辛苦了，真是好事不出门，坏事传千里，其他媒体的朋友也都赶来了，我就不多招呼二位，这点小意思，请笑纳。廖静故作尴尬地笑了笑，举着信封说，这要是被我们领导知道了，可不太好。程总哈哈大笑，天知地知，大家都是明白人，我还不至于笨到这个地步。廖静笑了，看来程总是个爽快人，廖静说着把信封塞进包里，麻利地拉上拉链，我们会有数的，告辞。说着就拉开门，手也没握一下，就快步走了出去。刚出门的时候，好像听见程总问了一句，还没请教二位贵姓，以后也好交个朋友。廖静装作没听见，郝波想回头应答，被廖静阻止住了。

二人快步走出公司大院，来到大街上，长长松了口气。廖静让郝波先回家，自己想去摄像器材商城逛逛，配个长镜头，那样“工作”起来才更方便。

海军已经调查二十多人了，这二十个人可比一百份、一千份的问卷调查更能说明问题。这天他像往常一样来到大街上。阳光很好。海军穿了套休闲服，双手插在裤兜里，慢悠悠地晃荡着。他来到摄像器材商城。他想买架相机，要全自动的，好送给女朋友。这些天来，女友对他的误解越来越大了，尽管他做了解释，可是两人总是闹别扭。

不经意间，海军看见一张似曾相识的面孔。她一个人，抱着双臂，在街边的人行道上慢悠悠地遛着，好像有什么心事。海军突然有股恶作剧的冲动，他抓住裤兜里鼓囊囊的钱包，犹豫了一下，还是不自觉地掏出了钱包，瞅准一个恰当的时机，将钱包丢在她必然能第一个发现的地上。

23

工作到第三年，我在心理医学界已经是个小有名气的青年才俊了。对于心理方面的疑难杂症，我仿佛能够无师自通。我治疗的手段从不照本宣科，很多时候凭的是灵感和瞬间的闪念，当然，我不否认有的治疗手法过于冒失，唐突，乃至是一种冒险，弄不好会把病人推入万劫不复的深渊。因此我也常常遭到同事或前辈们的反对和指责，我只好瞒着他们进行大胆尝试，直到获得满意的结果，才会通过业内权威的刊物或网络平台公布出来，让他们闭嘴以及对我更加不满。

三年间我已治愈不下百余例心理障碍患者，其中不乏病情深重的女性。

比如 K 女士，她和爱人过夫妻生活时有咬手指的习惯，后来就严重到时刻咬着手指。走路的时候，上班的时候，和人闲聊的时候，反正只要那只手空下来，她就会把一根手指头含在嘴里，看上去像个没长大的女婴。丈夫走投无路，就把她带到我这里，我了解了病情，诊断为高潮迷恋症重症患者。K 女士的丈夫非常恼火，将唾沫啐到地上说你迷恋什么不行，怎么偏偏就迷恋那一会儿呢，你迷恋就迷恋了，老是咬着个手指头干什么。我笑着劝 K 女士的丈夫不要发火，并拿来拖把，拖干净被他啐脏的地面。

我和他们夫妇二人站着聊天，闲聊一些无关夫妻生活的题外话，比如都是做什么工作的，孩子多大了，父母的身体还好吗？这个过程中，K 女士一直咬着手指。她的左手食指已经严重变形，指头尖细，指甲就快要被舔掉了。如果她放下左臂，看上去会是一个相当妩媚、风姿绰约的少妇。她的眼睛总是含着羞涩的笑意，那是一场满意的夫妻生活后在女人眼波里掩留着的快慰与幸福，她只是把这种满足感永久地留在了自己的眼神里。很显然，这是一个和虞澄的夫妻生活观完全相左的患者，我不禁有些羡慕和嫉妒她的丈夫。我打量了丈夫一番，小平头，普通的夹克衫、牛仔裤，其貌不扬。作为同性，在他面前我是可以有一些优越感的，可是我优越不起来，我对虞澄突然有了一种恨铁不成钢的怒意。我突然以迅雷不及掩耳之势弯下腰去，抓住 K 女士左侧的裙摆，猛地用力，佯装要扯下她的裙子。我当然不是真的要扯下她的裙子。K 女士一声惊呼，本能地垂下左手抓住自己的裙腰。K 女士丈夫的脸登时就紫了，他冲过来揪住我的衣领，眼珠子瞪得老圆。你干什么，你他妈的想干什么。

我微微一笑，轻轻掰开他的手，让他再看自己的老婆。他转脸看妻子，她还没从惊恐中转过神来，紧张地抓着自己的裙腰。K 女士的丈夫更糊涂了，又有些明白了什么似的，似笑非笑地挠了挠头。

我让他们回去，说如果 K 女士再咬手指的话，我愿自掏腰包返还他们的诊疗费。后来他们果真双双来了一次，不过不是来讨还诊疗费的，而是送来了一面锦旗，上书四个大字：妙手回春。K 女士的丈夫告诉我，她回去后的第二天才缓过神来，这之前一直抓着裙腰，不敢撒手。但第二天一早起来，丈夫惊奇地发现妻子不再咬手指了，她的左手终于获得了解放。

再比如 Y 小姐，一个典型的受虐狂。她娇小玲珑，父母都是大学教师，是个典型的小家碧玉。可她偏要嫁给一个五大三粗的挖煤工人，对方一只手都能把她拎起来。Y 小姐强迫丈夫对她实施各种各样的虐待，身上总是青一块紫一块的，但她因此获得了快感。那个煤矿工人再也无法忍受妻子种种过分的要求，于是提出离婚。Y 小姐的父母认为应该离婚，他们本来就不主张女儿嫁给那么一个人，他们的头发都气白了。无奈 Y 小姐说什么也不同意离婚。抱着侥幸心理，丈夫带着 Y 小姐来到我这里。起先 Y 小姐不愿张口，我只好让她单独来，通过几次催眠、诱导，我了解了她的病史。我又把挖煤工丈夫喊来，给他开了个处方，让他回去试一试。不过我也告诉挖煤工，这个处方一旦实施，后果很严重，但 Y 小姐会变成一个正常人，她可能再也不会要求你施虐了，甚至会导致你们真的离婚。挖煤工犹豫了，说如果她不再提过分的要求，我还是很爱她的。我说那就没办法了，你自己做主吧。

没过多久，挖煤工又来找我，脸上带着忧伤，忧伤里夹杂着安慰。他说他实施了我的方案，Y 小姐果然变成了一个正常人，并毅然决然地跟他离婚了。

我用了什么方法呢？很简单，我让挖煤工跟踪 Y 小姐到北郊洛赛湖西岸的树林里，并冒充流氓试图强奸她。攻击的时候一定要捆上她的手脚，堵上嘴，蒙上眼睛，薅她的头发，扇她几个大嘴巴子。大学一年级暑假那年，Y 小姐就是在那里被这样强奸的，事后她几乎想要自杀，但情绪渐渐平复后，她又主动去了好几趟洛赛湖西岸的树林，直到现在，她仍然会偷偷去那里，但从来没再遭遇过那年暑假的强奸事件。这是典型的受虐依赖症，患者不会意识到这是一种非正常状态，治疗的唯一手段，就是情景再现，进行一次必要的冒险。冒险的代价当然是巨大的，丈夫被妻子以强奸未遂罪告上了法庭，结果是法庭判处二人离婚，原告撤销诉状。

上述这些成功案例一经发表，便在学界引起轩然大波，我也接到导师从乌城打来的电话。他大概喝了酒，带着醉意称赞我的成果，称赞我不愧是他看好的弟子。

我为自己在心理治疗领域的天分而自豪，然而对虞澄，我却只能照本宣科，一直没找到良方。我仍然让她半躺进躺椅里，通过催眠，使她放松下来，然后再次为她戴上眼罩，并用棉绒材质的情趣手铐把她的手腕、脚腕分别固定在躺椅的扶手和前腿上，然后在她脖子上套上项圈，并用锁扣固定到躺椅靠背上。读者诸君可能不知道，网络上铺天盖地销售的情趣手铐、眼罩、项圈、捆绳等，其实都是从我们心理学界的治疗道具仿制而来，并且远远没有我们使用的器械精致和专业。我判断最初销售这种产品的卖家，一定经历过类似的心理治疗，并从中获得了商业灵感，或者就是我们这个行业的人离职创业催生的这个市场。他或她显然是个聪明人。

虞澄问我想干什么，别给我来那一套，不管用的。我小声安慰她，亲爱的，别紧张，我们现在要进行的是满灌疗法，这个你懂的。虞澄不再抗拒。我用橡胶吸管从杯子里汲取温开水，滴到虞澄右手背上两三滴，并用手指在她手背上轻轻涂抹。这是你刚刚喝过的温开水吗？虞澄问。我说是的。虞澄又说，你应该倒一杯干净的。我吻了一下她的嘴唇，她本能地拒绝，头扭向一边。我没有介意，而是解开她的眼罩，让她看了一眼自己的手背。她有些放心了，我又给她戴上眼罩，在她手背上悄悄滴上一滴米汤，继续轻轻地涂抹，直到几乎看不出来，又解开她的眼罩。猜猜看，我刚才又涂了什么？我问虞澄。虞澄有些楚楚可怜地看着我问，不再是清水了吗，老公？我点点头，是的，我换了米汤，说着在她眼前晃了晃吸管里半透明的米汤。虞澄的四肢微微抽搐了下，她的嘴唇翕动着，似乎要哭出来。我明白，这得循序渐进，便解开了她的项圈和脚镣手铐，拉着她的手来到洗脸台，像以往那样为她洗手。不过这次我们只清洗了十来分钟，肥皂也只打了一遍。虞澄想打两遍肥皂，冲洗十五分钟，但被我拒绝了。

24

黑暗是慢慢铺开来的，还没来得及将整个城市消化掉，四处点亮的灯光又将它撑开。一盏灯将它周围有限的区域照亮，另一盏与之呼应，于是一个城市就像一个斑斑点点的发光体，零散地分布在地球上的各个角落。对这个发光体来说，其黑暗的部分远远多于那些被照亮的部分。海军就躲在黑暗的部分里，躲在一栋正待拆除的旧式居民楼三楼某一扇窗户的后面。他尽可以打开窗户，向正对过窥望。只要不吸烟，就不会有灼红的烟头在黑暗中一明一灭而招致他人的注意。他的眼球倒是精光四射，可毕竟不是狗或狼的眼睛，能在光亮的映衬下发出那种幽蓝的光。

廖静回到家，已近掌灯时分。

她原本打算不把捡到三千块钱的事告诉郝波的，但看到郝波已经炒了几道小菜，开了瓶啤酒，大有向她献媚和悔过的意思，也就不那么生气了。廖静把捡到的钱包拿给郝波，郝波很高兴，隔着桌子亲了廖静一下。廖静半仰起脸，让郝波亲了一下她的左脸。她端着酒杯，转脸向窗外的夜色看了看，什么也没看见。郝波夹起一筷子菜，塞进廖静嘴里，说了一句很煽情的话，廖静被逗乐了，拿手打了郝波一下。

吃完饭，廖静要刷碗，郝波抢过来不让她干，端到厨房里刷了。廖静冲了个凉，换了件超短的吊带裙，米黄色的。她站到窗户前，用干毛巾扑掸着湿漉漉的头发。玻璃窗户开到最大限度，纱窗是完全关合的，夏夜的风穿过纱窗，吹拂着廖静身上轻薄的短裙。

海军断定她只穿了一件短裙，至少没戴胸罩，这几乎是可以肯定的。隔着一段黑暗的距离，他依然看清了对方袒露的胸口，只是不怎么清楚。她站在窗前搓着长长的头发，又拿梳子向后梳理。她仰起脖颈，脸孔正对着他站立的窗口。海军向窗口里面挪了挪，好像对方正直勾勾地看着他站的方位，发现了他似的。

一个男人来到她身后，从后面抱着她，轻轻摇摆着。海军从望远镜里看得清楚，在电脑维修公司，他见过他们两个人，他这才明白他们原来是一对儿。海军的兴趣更加浓厚了。只见男的将鼻子凑近她尚未干透的头发，海军不自觉地闭上眼睛，似乎也闻到了一缕洗发水的味道，还感觉到湿润的头发拂到面颊上时那种特有的凉意。海军不知道她用的是什么洗发水，因为女朋友用的是海飞丝，海军就把那味道想象成海飞丝。那么她用的又是什么牌子的香皂呢？海军看见那个男的双手摩挲着她的双肩，鼻子已经转移到她裸露的肩膀上。女朋友用的是力士润肤露，如果她用的也是同一个牌子，她们沐浴后的香味应该是一样的。也许不一样。如果她用的是另一个牌子的香皂，或者她根本就没用香皂，而是浴盐、牛奶，或者她什么都没使用，只是用清水冲了冲，那她们的体香肯定不一样。海军将头仰起来，鼻孔向着对过的窗口深吸气，并没闻到什么，一只蚊子差点儿被吸进鼻腔。海军蹲到窗户下，紧紧捂住嘴巴，压抑着咳了几下，才止住鼻孔里的痒。

他们坐到沙发上看电视。电视对着窗户，他们把黑乎乎的后脑勺扔给海军。看的好像不是电视节目，而是影碟。虽然看不甚清楚，但通过画面特点，海军一下子就能断定他们看的是色情片。女的倒是安静，男的看了一小会儿就坐不住了，在女的身上又是摸又是咬。起先女的还能勉强支持，把男的推开再推开，几下之后就不再推了。男的滑了下去，海军完全看不见他了。女的头向后仰，靠到沙发上，看着头顶的天花板，还不时摆动几下。海军看了看电视屏幕，看不清楚，恍恍惚惚的。男人的脑袋终于从窗台下露出来，重新坐到沙发上，女人则站起来，背对着坐到男的身上。两个黑乎乎的后脑勺，一高一低，重叠在窗口，高一头的那个后脑勺有节奏地起伏着。

廖静闷哼着，忽然警觉到什么似的猛一回头，向窗外的黑暗看了一眼，接着快速拉上了窗帘。

海军眼前一黑，什么也看不见了。女人猛一回头时，海军哆嗦了下，马上就镇静下来，咧嘴笑了。他摸索着走出黑暗的空楼，来到灯光璀璨的街上。他有意在对过二楼的窗口下边停下来，点燃一支烟，装作在那儿等人。他支起耳朵，搜索着那道窗帘后面可能传出的声音。可是街上太吵了，除了汽车的轰鸣，人的嘈杂声，他并不能听到其他什么异样的声响。他多么恨这些噪音，多么希望此刻城市忽然安静下来。宝贝们，都安静下来，好让我听听这个夜晚深处美妙的声音。

完事儿后，廖静端着杯安神的花茶，出神地看着窗外。一只夜鸟的影子迅速掠过，吓得她一哆嗦。天空真是太狭小了，小得容不下一只鸟，廖静嘀咕着，放下茶杯，钻进盥洗间。郝波隔着玻璃门说，我们不能老待在家里，得走出去，不如我们明天到街上转转看。廖静说你不能一人去呀，有情况给我打电话就是了。郝波应允，拿起廖静的内裤闻了闻，然后把它扔到沙发上。

第二天，郝波一个人出门找线索，廖静换上那身刚买的套装。化妆的时候，廖静看见镜子里的自己，顿住了。那张面孔看上去有几分陌生，她清楚地记得两年前的这张脸不是这样的，至少没有现在这般显老。两年来他和郝波东奔西走，走遍了城市的大街小巷，她对这座城市已相当熟悉，并隐隐觉察到自己已经开始喜欢上这里，但同时也总有种紧张感伴随着内心，令人惴惴不安，好像只有逃离这座城市，那不安才能平复下去。她不想再去别的地方了，她又想到另一座陌生的城市，两种心理就这样撕扯着她，有时候，连她自己都觉得自己可怜而令人讨厌。尽管郝波一再强调，年底之前就退掉现在租住的房子，带她离开这里，回乌城，或者去另一个城市。别的城市又能给她带来什么呢，什么也不能，她觉得累了，也许就是因为累，所以特别想安顿下来。她从来不觉得自己是一个特殊的女人，她和所有普通女人一样，想安顿下来，想过一种安稳的生活。可是郝波好像还没跑够，他还要继续奔跑下去，不知道哪里是终点。她曾经劝过郝波去东北她的老家，或者就在这里买房子，住这儿也挺好。郝波不愿意去东北，也不愿意在这里买房子，说这儿不可能容得下他们。廖静说，那你要去哪里，你有没有为我想过？郝波说你当初不是很赞同这样吗，就我们两人，永远脱离不相干的人。廖静说当初是当初，现在我的想法变了，我们不能老这样下去。郝波便不吱声了。郝波从来不和她争吵，更不会跟她翻脸，这使他看上去是一个相当值得依赖的男人。这种感觉就像一枚钉子，把廖静紧紧地钉在郝波身上，使她无从摆脱。有时候廖静又觉得郝波是个魔鬼，非常可怕和可憎，根本不值得信赖和跟从。廖静不止一次地想象郝波和她发生了争吵，甚至打了她，两人闹到不可开交的地步——这样也许能带来一些改变，尽管谁也不知道那改变到底是什么，但这样的情形仅仅局限于她的想象。

手机突然响起，廖静接听完，把话筒塞进包里，拎着摄像机赶往郝波告知的地点。半路上塞了几乎半小时的车，郝波不断地打手机过来，似乎很着急，说你怎么搞的，还没到。廖静说堵车，我有什么办法。郝波气呼呼地挂断电话，很快就又打过来，廖静说看到你了，我就在马路对过。廖静冲下出租车，向马路对过跑去。戛然一声刹车，一个司机探出头大叫一声找死啊。廖静冲到郝波跟前，吓得不轻。郝波的脸似乎都等青了，这是从来没有过的。再急过马路也得小心点呀，郝波嘟囔着，一把从廖静手上抢过摄像机，继续嘟囔说就是走着来，都能走两个这么远了。廖静被抢得一个踉跄，再看看郝波那副急吼吼的样子，忽然觉得面前的这个男人非常猥琐，令人厌恶。廖静尽量压制住火气，冷冰冰地说，急也是你，不急也是你，大不了白跑一趟，有什么关系。郝波大踏步奔向那家被一群消费者堵住门口的电器商场，说眼看着一泡活就要没了，能不急吗？廖静本来紧紧跟在郝波后面的，便突然停下来，郝波回过头，拧着眉头说，话筒呢，你不会忘记带话筒了吧？廖静的手动了一下，又停住了，她故意没掏出包里的话筒。

郝波气得支棱着脑袋往回走，也不搭理廖静，走出一大段路，回头看见廖静还站在那儿，就扯着嗓子喊她。廖静站在原地，挪了一下脚步，又停住了。郝波走回来，压低嗓音呵斥说还傻愣在这儿干什么，回去吧。廖静能听出来，他已经在努力克制自己了，否则他可能会怎么样呢？廖静故意不回应，双眼茫然地看着大街上飞奔的车辆，想象着自己被一辆飞速而过的车子劫持而去。

郝波拉了一下她的胳膊，廖静用力甩开，往旁边趔趄了两步。郝波说好，你不回去是不，那我回去，说完掉头就走。走出一段路，郝波又回过头，看见廖静仍然站在那儿，眼睛望着别处。郝波往别处看了看，没有什么值得注意的。他踌躇了一阵，终于一个人走了。

廖静能感觉到郝波终于一个人走了，不用看也知道。她忽然感到一种从未有过的轻松，身体里空荡荡的，没有任何委屈和不悦。看来生气是多余的，她已经不生气了，如果让她回头想一想，她甚至找不到生气的理由。她抱着双臂，沿着街边的人行道漫无目的地向前游荡。身边的人流行色匆匆，全朝相反的方向扑过去，这使她看上去像一尾逆流而上的鱼儿。然而她也不知道，自己终究要游向哪里。

第五章　调色板

25

廖静从商场一楼乘坐手扶电梯上到二楼楼梯口时，海军故意上去蹭了她一下，差点儿把她蹭倒，海军顺势抓住她的胳膊，并连声说对不起，说完便故作惊讶地指着廖静，你不是那位女记者吗，我们见过。廖静怔了一下，她有些警觉地瞥了一眼面前的男人，一时想不起来他是谁。她甚至因为海军的反应而有些慌乱。在这个城市，她没什么好怕的，怕就怕别人说认识她，见过她。

在深蓝维修中心，想起来了吗？海军笑着补充。

海军今天故意穿着和去修电脑那天一模一样的衣服，上身一件汗衫，下身还是那条旧式的警裤。因此，海军补充的那句话还没说完，廖静就已经想起他了，并想起了那天回家后她和郝波的对话。

海军把廖静拉到商场供人休息的茶座，找个空位坐下来，殷勤地问廖静要不要喝点什么。廖静故作冷淡。不用了谢谢，我跟你又不熟。海军热情不减，点了两杯可乐，递到廖静面前一杯。廖静本来不喜欢这种碳酸饮料，但她有些被动，也懒得申辩，她努力让自己镇定下来。我不喝可乐的，她说着把杯子推到海军面前，点了杯芒果饮料，海军又殷勤地去到吧台，把芒果汁双手捧到廖静面前。他要帮廖静把吸管插进去，廖静说我自己来，说着去抢吸管。海军挡开她的手，就差没抓住她的手。海军一边插吸管一边将已经说了两遍的话头又重复了一遍：那次修电脑，你一句话就使我的电脑受到隆重待遇，我当时就想，要是再见到你，无论如何得请你吃顿饭，没想到还真就让我碰上了。廖静喝了一口芒果汁，笑着说这句话你已经说了三遍了。海军挠了挠头，盯着廖静的脸蛋，大胆而热切。

海军想到自己那天晚上看完廖静和郝波的表演，就兴冲冲地跑到女朋友那里。女朋友也刚洗完澡，海军就学郝波那样，从后面抱着女朋友轻轻摇摆，将鼻子埋进她湿凉的头发深呼吸，然后双手搭在她的肩膀上摩挲着，用鼻子去闻女朋友肌肤的味道。女朋友说你今天晚上有点儿不对劲儿，以前可从来没见你这么耐心和懂得情调。海军闭着眼睛，脑子里全是个把钟头之前看到的画面，他努力向脑子深处的男主角靠拢，并把怀里的女朋友想象成廖静。他按照所看见的流程操纵着，有种陌生而新鲜的兴奋，渐渐由弱变强，由小变大，最后充斥了他的身体，膨胀着，蔓延着，无法遏制。忽然廖静的面庞和裸体在海军的脑海里异常清晰，他就高潮了，女友的呻吟令海军倍感快慰。完事后，海军才感到奇怪，因为刚才脑海里的那张面孔和裸体依然存在。海军咂了咂嘴，摇头笑了笑。女友问他笑什么，海军啪地拍了一下她的屁股，说没什么，你睡吧。女友嘀咕了一声神经病，翻身要睡，这时海军忽然想起了什么似的，就强拉硬拽，把困乏的女友拉到卫生间，用清水将她从头到脚又冲洗了一遍。女友起先只是说你神经病呀，等被海军抱回到床上，他将脑袋埋在女友胸脯上像狗一样嗅来嗅去时，她就不再叽叽歪歪的了，而是对海军说，我还要。海军头一次那么专注地将一个女人纯粹的体味感觉了一遍，好像也没什么特别的地方。听到女友的诉求，海军只好用巴掌猛击她的屁股，掏出软不拉耷的家伙说，要个屁呀，两小时内你就别指望了。

刚才在电梯口扶住廖静的时候，海军已经闻到了，她用的也是海飞丝洗发水。他没来得及，或者说没有想到去辨别她可能用什么牌子的香皂或沐浴露，为此他有点儿责怪自己，觉得自己还不够从容。他看得出来，自己在廖静眼里并不是一个令人讨厌，或者要敬而远之的家伙。

海军说，坐会儿我请你到海鲜楼吃饭吧。

你已经请我喝饮料了。廖静低着头，既没说不，也没说好。也许是初次碰到海军时的印象使廖静心存他念，她需要弄清楚，对面这个男人到底想干什么。

廖静的担心显然是多余的，可是她并不清楚这一点，所以海军再次重复去海鲜楼吃饭的话题，廖静默许了。

从此两人频繁约会，一晃三个月过去了。

那天晚上的月亮很圆，廖静回到住处时，已经到了深夜。郝波正在看电视，眼睛直勾勾地盯着画面，廖静开门进来，他的眼珠子都没动一下。一眼就能看出来，实际上郝波是坐立不安的，但是当他看见廖静有些怅然若失地回来，脸上紧张的不安有所缓和。他轻声问廖静吃饭了吗，廖静回答得很干脆，说吃了，说完就不再理郝波，一个人坐在沙发上发呆。郝波给廖静倒了一杯冰镇饮料，廖静接过去，看了一眼郝波，欲言又止。

郝波安静地坐到廖静对过，眼睛盯着对方，好像在等待一个结果。廖静喝了杯饮料，和郝波对望了一下，随即耷拉下眼皮。廖静还没想好要怎么说，对于郝波等待的那个结果，她心里是清楚的，却无从开口。也许她要做的不是说出来，而是选择。僵持了许久，廖静终于开口说话。

我们离开这里吧。

去哪儿？

哪儿都成，就像我们来这儿一样，飘到哪儿就哪儿。

不如回乌城吧，我父亲越来越老了。

我不想回乌城。

郝波似乎更加明白了一些什么。这两三个月以来，他已感到明显的不对劲儿，他已经明白廖静的意思了。“我们离开这里吧”，是决定还是试探性的询问，答案不言自明，郝波知道已无须深究下去，那样只会使自己更加焦躁和气恼。要说不生气，那是不可能的。郝波把手里的杯子重重地摔到地上，砰的一声，碎玻璃迸溅得到处都是，黄色的橙汁泼溅在白色的地砖上，像被打碎的梦境。廖静的小腿被一枚玻璃碴划破了，她颤抖了一下，一种类似惊醒的疼痛袭遍全身。她真的从以往的生活中醒来了一般，面对现实反而显得陌生和茫然，有些无动于衷。鲜血迅速渗出来，汇聚成一大滴，顺着廖静的小腿下滑。可能是廖静皮肤光洁的原因，血滴滑得很快，滑到她的脚脖上，沿着凉鞋带向两边分散漫延。廖静对此没有任何反应，怔怔地坐在那里，享受着细小尖锐疼痛的余韵和血滴下滑时带来的微痒。

郝波早想给李睿发一封电子邮件，告知自己的下落，但是按廖静的意思，是不要主动联系李睿和虞澄两口子的，既然我们选择了这种方式，就是要出离的意思，如果又到处告诉别人我们的去处，那还有什么意义呢。因此，尽管郝波有好几次忍不住进入邮箱调出李睿的邮件地址，最终还是放弃了。倒不是因为廖静，更主要的是，郝波觉得自己和李睿在彼此的生命中都扮演了一个羞辱者的角色。

但李睿的邮件又来了，并再次邀请郝波和廖静去羊城玩儿，郝波憋了几天，终于在廖静与海军再一次约会后借题发挥。我们去别处走走吧，比如羊城，或者我一个人去也行，即便不去羊城而是回乌城，或者别的地方，总之我觉得需要离开这个鬼地方了。郝波语无伦次，廖静听得出他的心乱如麻，以及他的厌烦。过往的一切，现在的所有，都令他厌烦，廖静同样厌倦。原来自己是逃不掉的，不管在乌城，现在的沙市，还是一直心有戚戚的羊城，自己都是逃不掉的。既然逃不掉，干脆直面，不妨走进那缠绕不去的阴霾，也许在未知的梦魇深处有个明确的答案。

26

通过催眠法，我套出了虞澄病理的真正根源，除了来自母亲的影响，更重要的，是她高中时的第一次性经验。但这都是过去的事儿了，虽然郁闷难当，但我也没太放在心上，也没有告诉虞澄在被催眠状态下的这些自述。然而在我对虞澄紧锣密鼓，并且希望之光一点点汇聚的治疗过程中，廖静又出现了，具体说是她带着郝波来探望我们了，直到这时，我才终于知道郝波的下落。

廖静、郝波的造访令虞澄十分开心，表现出少有的热情，她居然不厌其烦地张罗起两人的饮食起居，行程安排。她把廖静跟郝波安排住到五阳湖公园里的度假酒店，酒店嵌在一片森林里，外围有山，内有五阳湖，环境自是没得说。

我本来以为虞澄会是一副无所谓的样子，甚至可能会有些拒绝，也做了些准备工作，现在看来都用不着了。更出乎意料的是，虞澄邀请廖静住到家里，跟她一起住，还帮我收拾好行李，让我去跟郝波住宾馆。我悄声对虞澄说，这没必要吧，人家两口子来旅游散心，怎么好拆开人家呢。虞澄把我推出门外说，他们在一起那么久了，还在乎这几天，就是你我也一样的，再说，你们哥俩也难得一见，好好叙叙旧。可是，你的热情是不是有点儿过头了。我有些犯难，郝波也有些犯难，倒是廖静表现积极，揽着虞澄的腰说好啊好啊，我也想和虞澄多聊天呢。

没办法，我来到郝波下榻的宾馆房间，放下行李，带他在湖边和森林里溜达一圈，边走边聊，各自的情况，三言两语也就交代清楚了，一些无法言说的，自然都掩饰过去。回到房间，我们两人面面相觑，不知道还能聊些什么。郝波问我跟虞澄是不是有不和谐的地方，我正在喝水，被呛着了，还没咽下去的茶水喷了郝波一身一脸。待郝波擦干净重新坐定，我才用很大的声音告诉他，没有的事，你难道看不出来，虞澄对我照料得无微不至吗？郝波言不由衷地说，这样说来，你生活得很幸福，真为你高兴。我大声地爽朗地笑着，仰面躺到床上说，是的，我很好。

倒是你，看上去仍然一副阴郁不堪的样子，还没走出来吗？我坐起来，盯着郝波。他有些为难，简单描述了她和廖静目前的生活：租了一个两居室的房子，廖静操起老本行，装起了电视台记者，他则帮着扛摄像机。我说那不错啊，妇唱夫随。郝波欲言又止，摆手说不说这些。我假装关心地问，曾经的恐惧和无力是不是因为换个地方而有所改善呢，如果有，不妨直说。郝波怔怔看着我，无言以对，最后只是点了点头，又摇了摇头。

第二天，虞澄开车带郝波、廖静去海边玩儿，我没再作陪，而是去了单位。我检索了几乎所有手头保存的病人档案、论文资料，试图找到可能对标郝波的病情的病例或症状表征，却一无所获。我有些沮丧，我对自己的专业水平已经足够自信，多例心理学界一直未能有所突破的病案，在我手上都取得了突破性成果，即便妻子虞澄的顽固性洁癖，经过将近一年的努力，也已经大为改善。偏偏郝波的表征令我毫无头绪，甚至不知道如何命名。至于多年以后，我终于发现让所有熟悉的人与事物都在郝波的生活里消失才可能是最好的治疗手段时，他的确已经隐居到深山里了。这是后来的故事，就不细述了。

两个女人就这样撂挑子了，整日不见踪影，只有晚上一起聚餐的时候，才能看见她们。我和郝波都有些顺不过气来，可又不好开口，只能忍着。

甚至在那几天里，虞澄居然从未过问我的饮食、穿着、洗澡刮胡子等问题，她居然把这些都忘了，令我感到有些不可思议。直到廖静走后的第二天早上，虞澄才回过神来似的注意到我的胡子已经老长、衣领老脏了，才把我摁到浴缸里刮洗了一番。不过那一次她干得没那么兴致勃勃，相反，她有些怨气，说你就不能自己打理好这一切吗?

为了陪廖静，虞澄请了一个星期的年假，陪她逛街、吃各种小吃，去各处景点，还拿出一天时间去了趟香港，结果买回来一大堆东西，包括送给郝波的礼物。拆礼物的时候，虞澄悄悄藏起一只包装盒，我只瞥一眼，便认出那是一种双头硅胶软体玩具的包装。我认定这是廖静买的，或者就是虞澄为廖静买的，虞澄肯定不需要这玩意儿。但是郝波、廖静回沙市以后，我却在虞澄的内衣抽屉里发现了那根玩具，已经拆开了，被藏在一只紫色绒布的布艺袋里。我跟虞澄开玩笑说，是不是廖静忘了带回去，虞澄莞尔一笑，没吱声。

相守的几天里，虞澄和廖静两人同吃同睡，完全不管不顾各自的丈夫。过往的种种温存和隐秘的尴尬与晦涩，似乎已经随着年龄、状态、距离、时间的开阔变得平静、坦荡，那种疏远感也激发出二人藏于心底对彼此的温情呼唤，不用言语，她们就能心有灵犀地躲进暗夜深处。廖静问起虞澄跟我的夫妻生活，虞澄坦然承认自己有强迫症，她其实是对我心怀歉疚的，可她又无法走出来。廖静沉吟不语，第二天一早才对虞澄说，这样不行，我们还是回去吧，我们都应该拥有各自独立、正常的生活。虞澄有些气恼地问，什么是正常的生活？廖静怔在那里，良久也回过神来，神色黯然。她忽然想到海军，一个无关痛痒此时却觉得有必要赶紧见到的人。廖静收拾行李，虞澄看着她忙碌，不大情愿地上前搭手，说别以为我看不出来，你一点儿也不快乐，既然这样，为什么还要跟他耗在一起？廖静把虞澄塞进行李箱的硅胶玩具拿出来，放到旁边，假装轻松地说，我不需要这玩意儿，你留着吧。虞澄没拒绝，把玩具顺手塞进放内衣的抽屉，回头对廖静说，如果你们哪天分开了，你就来我这儿。

我不知道虞澄和廖静聊了些什么，做了些什么，但他们离开后，虞澄对逐渐好转的治疗却表现出前所未有的抗拒。

在这之前，虞澄洗手的时间已经缩短到了两分钟，一个可以接受的正常时长。衣服虽然每天洗一次，但不再分类清洗，我们的内衣、外套等，已经可以混杂起来扔进洗衣机。

刚开始的两次，我仍然需要把虞澄的四肢绑在躺椅上，但不戴眼罩，就让她看着我把她的内衣和我的内衣一起放进洗衣机，然后添加洗衣液，放水。她有些难忍，表情僵硬得有些扭曲，身体在椅子里挣扎，但无济于事，直到我把洗好的衣服逐一晾晒到阳台上，才给她松绑。她想把自己的内衣重新洗涤一遍，我只好再次把她绑在躺椅上，对她进行了一番催眠。等到她醒来，衣服已经晾干，我在她小腿肚上涂抹的红白蓝三种油画颜料则还没干，这多少转移了她的注意力。她有些愤怒，说这些都是化学材料，你不懂啊。我吻了一下她，说放心吧，亲爱的，我买的都是最好的。我用手机拍了张照片给她看，白皙的小腿肚上，红白蓝三道颜料并排着，涂抹均匀，像某个国家的旗帜。我不禁有些得意，觉得这是一幅不错的创意摄影作品。虞澄楚楚可怜地看着我，老公，快松开我，皮肤痒得难受了。我知道这是她的心理作用，所以并没有松开她，而是用油画笔在她小腿肚上混搅起来，直到一片杂乱，完全不似一幅作品了。

鉴于油画颜料的化学成分和对虞澄治疗的需要，尤其我开始觉得在虞澄身上涂抹颜料越来越有趣，便从网上买了几十件价格便宜的连衣裙，都是纯白棉麻布料的。郝波、廖静来之前，已经用掉了十件。

每次我会让虞澄穿上一件，然后像从前一样，把她的四肢固定到躺椅的扶手和椅腿上，脖子套上项圈并固定到躺椅的靠背上，只是已经不用再蒙上眼睛。使用第一件时，我只在虞澄大腿部位的衣料上涂上了一小片湖蓝。我边涂边说，湖蓝是氧化钴与氧化锡的混合物，为了不伤害你的皮肤，所以我决定改涂到衣料上。虞澄无动于衷，令我感到安慰。我继续道，湖蓝这种颜料微带绿色，色彩极为漂亮，你看是不是？虞澄看了一眼，点了点头，表示赞同。我举起画笔，举到她胸前，这里可不可以让我抹上几笔呢，亲爱的？虞澄撇起嘴巴，一副要哭的样子，我只好作罢。

后来的几件，我涂抹的颜料由一种增加到两种，三种，色块也越来越大，有的涂满了裙摆，有的在小腹及以下，偶尔有几笔，会在虞澄的惶恐中涂抹到她的胸前或肩头。虞澄的极限一次次受到挑战，我们进行满灌疗法的效果，也终于取得了可喜的进展。甚至在使用到第七件白色连衣裙时，我们进行了长久的舌吻，虞澄的身体终于有些反应，并要求我松开她的项圈和手铐，她主动抱住我。我来不及解开她的脚镣，便掀起她的裙摆。事后我的白衬衫上也沾了些连衣裙上的粉绿、象牙黑和柠檬黄三种颜色。虞澄要把衣服全都装进塑料袋，扔到楼下的垃圾桶，因为那上面还沾着我们的体液。我没同意，而是把它们和其他已经涂过颜料的连衣裙一起挂到我书房的一面墙上。一样的衣服，不同的颜料和涂抹，已经挂满了半面墙，尤其是第七件，令我兴奋不已。我从后面抱着虞澄的腰，和她一起欣赏着那些杰作，并突发奇想地说，也许有一天我可以把这些拿到公共场合，做一次行为艺术展。

27

一回到沙市，廖静就找到海军，单刀直入地说，既然你已经瞄上我们，为什么不下手。海军有些莫名其妙，转而说，我还不能确定自己对你有没有把握，而他，我根本就没放在眼里。

廖静意识到问题的严重性，却不敢告诉郝波，可是她并不觉得害怕，相反，海军带给自己的居然是一种值得依靠的安全感。有时候廖静不得不自嘲，或者干脆直接对着海军冷笑说，你还挺老练的嘛。这时的海军总是装聋作哑，说你吃菜，来，这儿的盐水乳鸽是很有名的。或者说，今天你应该早点儿回去，你男朋友还在等你，不能让他等太久。有一次廖静终于忍不住了，把满满一杯啤酒泼到海军身上，大声说你他妈的动手吧，我不就在这儿吗，你他妈的怎么不动手！

海军有些尴尬，支棱着笑脸说，算了算了，我早把那事儿忘了。廖静步步紧逼，现在总算弄清对方掌握的材料极其有限了，况且对方的重点似乎并不是对她和郝波下手。她甚至对海军的身份产生了怀疑，因为他只频频示爱，并没有要抓捕他们的意思。廖静原想的是，哪怕牺牲自己，只要能保全郝波，也算是给他们之间的关系终结时画个圆满的句号。现在看来，这一切可能都不是问题。回住处的路上，一阵风迎面吹来，廖静浑身轻松。

郝波很想知道对方是什么人，廖静反问并且自答，这很重要吗？这太不重要了。郝波说那什么才是重要的，一直以来你所谓的重要，难道我没给过你吗？给过，你给过，廖静回答完就钻进卫生间，不再搭理郝波。

这天，在咖啡馆里，廖静把裸露的小臂伸到海军面前说，我用的是花王沐浴露，你闻闻，我刚刚洗过澡，你闻闻香不香。海军笑眯眯地抓住廖静的手，在她的小臂上轻轻咬了一口。廖静看了一眼海军有些下贱的样子，说我今天不能陪你很长时间，我感觉有些不对劲儿，我本来不打算出来的，可还是出来了。

海军贪婪地摩挲着廖静的手说，你要是觉得不对劲儿，那干脆别说话，就这样让我看着你，这种感觉好极了。廖静有些心不在焉，她意识里充满郝波正在一个人收拾行李，黯然离开的画面。

两人待到很晚才分手，回到住所，郝波果然已经走了，只留下一张纸条，短短几行字。廖静坐在餐桌边，大口大口地喝着冰镇白开水，但怎么也缓解不了嘴里的干燥。她觉得自己太虚弱了，就差没从椅子里滑到地上。

海军咬她小臂的时候，她已经预感到这个结果，心跳得厉害。廖静的心不在焉把海军搞得慌作一团，不知如何是好。海军说，有什么话，尽管给我说吧，我们还有什么不好说的呢。廖静摇摇头，不该说的，也许永远都不会告诉你。海军懵懂地点点头，说有件事情，也一直想告诉你，至少我觉得不应该对你隐瞒什么。廖静打住他的话头，让他不要说

出来，似乎她知道他将要说什么。海军坚持要说，廖静点头，你也不用兜圈子了，直说吧，你到底想怎么处置我。海军得意地笑了，说这段时间，我一直在搞一项调查，已经调查二十多人了，具有相当的说服力和新闻价值，你要是有兴趣，我可以无偿奉送。廖静冷淡地摇摇头，说我没兴趣。海军咧嘴说还记者呢，我这个调查要是公布出来，准有轰动效应，到时候，说不定你一下子就红了。廖静再次摇头说没兴趣，你自个儿留着吧。

打车把廖静送到住处，海军并没有继续赶路，也下了车。廖静说你回去吧，还下来干吗？海军说你先上去，我看着你上去了就回去。海军想在黯淡的街灯下再次拥吻廖静，廖静逃掉了，没再让他碰到。

廖静拨打郝波的手机，关机了。她瘫坐在地砖上，有气无力地扶着茶几，才没有烂泥一样塌陷下去。腮帮子上有一丝凉意和微痒，一摸才知是眼泪。廖静便拨打海军的手机，通了。廖静问他回到家了吗，海军回答说还没呢。廖静说，他已经走了，海军说没听清楚，你说什么，再说一遍。廖静说你的声音怎么那么小，鬼鬼祟祟的，在哪儿呢。海军支支吾吾，说你别怕，我马上就过来看你。廖静想说不，但对方已经把电话挂了，好像怕旁人听见。

海军仍然像几个月来的大多数晚上一样，躲到廖静家对过废弃的空楼里。他已习惯于在那里待一会儿，即使什么也看不到。他还记得那天晚上看见廖静和郝波大吵了一架，郝波还打了廖静一巴掌。廖静跑出屋子，一直冲到楼下。雨下得急起来，雨点很大。廖静顶风冒雨地奔跑着，沿街道的一侧向远处的黑暗跑去。郝波紧跟着冲下楼，在后面追赶。海军急忙冲出藏身的空楼，远远地跟在郝波后面。郝波追上廖静，把她拉到一座楼檐下，紧紧抱住她，还强行去吻廖静。雨下得更大了，海军已经浑身湿透，他似乎也没有发觉。廖静用力推开郝波，朝他喊叫。海军只听见廖静尖锐的嗓音，因为雨的关系，听不清楚她说了什么。郝波显得非常懊丧，一甩手，一个人钻进雨幕往回走。经过海军站立的地方时，海军看见郝波垂到鼻翼的发梢上快速滴落的雨水，在幽蓝的路灯下充满寒意。海军忍不住咳嗽了一下，郝波扭头看了一眼，漠然离开了。直至郝波的背影完全消失在雨夜里，海军才从黑暗中钻出来，快步向廖静站着的地方走去。廖静躲进海军的怀里，浑身瑟瑟发抖。海军搂紧廖静，要去吻她脸上的雨水和泪水，但廖静躲开了。阵雨很快就停下来，街上的空气变得清新。廖静说，我没事了，你回去吧。海军说那怎么可以，你浑身都湿透了，会着凉的。廖静一笑，说你真的假的，搞得像真的似的。海军再次抱住廖静说，真的也好，假的也好，我都吃定你了。廖静在海军怀里又躲了会儿，挣脱开来说，我真的没事了，我要回去了。海军让廖静别回去，干脆跟他走，廖静没答应。

海军本来想向廖静忏悔的，向她追悔不该拿她作为第二十个调查对象，这实在是一个很无聊的玩笑，希望她不要责怪。这是其一，其二是恰恰因为他的恶作剧，他们才得以再次见面，从这点看来，廖静也不应该过分地怪罪他，相反，他们都该为这样一个弄巧成拙的玩笑而庆幸。

28

我的突发奇想当然没能实现，最后那些画满颜料的白色连衣裙都被虞澄付之一炬。

满灌疗法终止于第十一件连衣裙，也就是郝波和廖静离开广州之后的第二个周末，我们待在家里，我兴冲冲地取出一件衣服，让虞澄换上。我说，亲爱的，我们已经一周没进行治疗了，现在应恢复到一周治疗两次的正常状态。虞澄不屑地看了一眼被我扔到床上的衣服，那么廉价的破东西，我不想穿了。

你想使用昂贵的？可是，我觉得这没必要。

我是说没必要治疗下去了，没用的。

不是已经发生作用了吗？

那是你以为的。

我没再吱声，而是来到她身后，把她脱光，换上那件白色的连衣裙。虞澄犹豫了一下，但还是顺从了我。我帮她戴上眼罩，扶着她的肩膀走到躺椅旁，让她半躺进椅子里。为了能够顺利实施本来想要加重治疗手段的预设，我仍然给她套上了项圈，四肢固定到椅腿和扶手上。我相信自己有能力引导她进入预设好的情境，并配合达到我们使用第七件连衣裙时的完美效果。那种效果令我迷恋，甚至有些欲罢不能。

我充满信心，我们的生活会变得越来越好。

我搬来椅子，坐到虞澄左边，把颜料盒、画笔和调色盘放在旁边的案几上。首先是朱红，我拧开颜料瓶盖，往调色盘里挤了些颜料，用小号画笔调匀，然后向虞澄小腹处的连衣裙上抹了一笔，接着又一笔。我举着画笔，想了想，又摇了摇头。我本来想在虞澄身上画一幅类似《麦田乌鸦》那样的作品，但我实在没有任何绘画基础，而且已经涂抹了朱红，这颜色和凡·高的风格相去甚远。我也喜欢鲜艳的色彩，但不是黄色，而是红色，尤其是朱红、深红、玫瑰红这些颜色。我干脆把这几种颜料挤到一起，用画笔胡乱搅了一番，然后在虞澄的裙子上胡乱地涂抹，从领口到裙摆，这儿一笔直线，那儿一笔圆弧。我边涂边解说着，这三种颜料的色性其实是偏冷的，由于其敏感、鲜明、性能不够稳定，使用它们作画时会感到不可或缺，但其实很难驾驭。虞澄动了一下，没吱声。我继续说，深红和紫红忌与含铜的颜料调配使用，玫瑰红虽然色彩艳丽透明，但调得过厚时颜色容易发暗，而且会从所有的颜色中翻出来，调得太薄又会严重褪色。我一边说着一边又把镉红、大红、土红等颜料挤到一起，向虞澄身上涂抹。大红是红色中色感最为纯正的颜色，具有较强的覆盖力，但同样忌惮与含铜的颜料混合，而土红则为天然矽矿物质，具有很强的覆盖力，性能比较稳定。

听我说着这些，虞澄的眉头拧紧了。她又动了动，还挣扎了一下，但无济于事。虞澄说，老公，你已经使用了五种红色，是不是太夸张了。

我知道，真正的画家作画时，用的颜料种类其实不多，包括黑白在内，一般不超过四种颜料就能调配出所需要的颜色，第五种以上的颜色加进去，只能起到增加黑和灰的作用。有人认为加入不同颜料可以使颜色丰富，其实只会降低纯度，经验丰富的画家常常利用几种简单的颜色，就能获得优美雅致的效果，比如用浅黄加入少量的黑，就能调配出一种沉着的绿色。颜色调配适度，会给人一种滋润的感觉，涂到画布上，色素渗入画面，给人一种退到空间里的感觉，反之颜色显得干枯、飘浮就不好了。我一边讲述自己背下来的调色原理，一边又往虞澄身上胡乱涂抹着橙、青、蓝几种颜料。一层覆盖一层，又互相作用，只是由于没有任何构图和创作方向，效果只能用乱七八糟来形容，这多少使我感到有些沮丧。

虞澄要求取下眼罩，我犹豫了下，便放下手中的画笔和调色盘。亲爱的，不管你看到什么，都要忍住，忍耐是治疗成功的关键因素。我一边说，一边把她的眼罩向上推到额头。

这是一个致命的错误动作。我只要向她口头描述画面是多么的脏乱，并且安慰她在意识上幻想和接受就可以了，而不应该挑战一个洁癖患者的视觉。

虞澄发出一声崩溃般的尖叫，接着就挣扎起来，要求我松开她。

我犹豫了一下，差一点儿妥协，但原本沮丧的心理使我突然萌发出一种恶作剧的念头。我并不吱声，当着她的面继续涂抹，黑色、白色、紫色，浅绿、深绿，所有颜料都被我拧开了，动用过了。颜色混合处，又显现出新的效果，虞澄的连衣裙越来越色彩丰富，同时也糟乱不堪。这使我越发地好奇和兴奋，不禁加重了颜料的厚度，有的直接是一团颜料抹上去。我把颜料盘扔到一边，直接用画笔在颜料成团的衣服上涂抹，晕染。画面越来越乱，越来越远离我想要的那种艺术感，这使我更加沮丧，甚至生起自己的气来。

虞澄哭了，起先是小声地啜泣，接着逐渐增大，最后终于号啕大哭起来。她挣扎着，椅子被她弄得咯吱咯吱直响。她想坐起来，然而项圈套住了脖子，勒得她面红耳赤，不禁剧烈地咳嗽起来。我有些心疼，想替她解开项圈，但这种深重治疗手段的未知效果又令我欲罢不能。我告诫自己，不能心软，绝不能。虞澄的眼泪鼻涕流下来，有的流进她的嘴巴里，有的顺着下巴流到衣领上，和抹在领口处的颜料混合在一起。我找来一块湿毛巾，帮虞澄擦干眼泪、鼻涕，同样眼含着热泪说，亲爱的，我知道你很难忍受，可是请你无论如何坚强起来，治疗很快就能结束。虞澄并不理会，一边哭喊着让我放开她，一边开始咒骂起来。鉴于她打小养成的良好教养，她骂出的那些词都算不上恶毒，比如坏人、大坏蛋、魔鬼、撒旦，让我听起来非但不觉得恼羞成怒，反而有几分受用。夫妻间偶尔吵架拌嘴，向对方说出这样的咒语，才显得更加日常，更有人间烟火气，而不是彼此相敬如宾，像两个主权独立国家的首脑会晤那样彬彬有礼。

只有当虞澄骂出变态这个词时，我才真切地感受到了屈辱，脸上不禁难堪起来。虞澄捕捉到了这一点，变本加厉地咒骂起来。你个变态，超级变态，你放开我。

住嘴！我有些不高兴。

偏不，我看该进行治疗的是你，你个变态，死变态！

我恶狠狠地瞪了她一眼。我还没那么恶狠狠地瞪过她。她似乎也被我的眼神吓住了，再次楚楚可怜地看着我，希望我松开她。但见我继续往她身上涂抹颜料，她再次崩溃了，一边哭号一边咒骂。我也不知道自己是怎么了，已然忘了治疗这件事，只是机械地涂抹着。我把毛巾塞进虞澄嘴里，帮她重新蒙上眼罩。在她的挣扎和呜咽声中，我把所有颜料都直接挤到她身上，画笔也扔了，直接用颜料管在她衣服上涂抹着，划拉着……

29

接到廖静的电话后，海军又躲在废弃的空楼里磨蹭了一会儿，才慢悠悠地下楼，穿过马路，径直钻进通往廖静住处的楼道口。这是海军第一次去敲廖静的房门，然而廖静没有开门，只隔着房门告诉他说，这个时候，她不想见任何人。海军说那好吧，你好好休息，我明天再来看你。

第二天一早，海军就接到派出所所长的电话，让他去一趟。所长是他姐夫。海军本来想直奔廖静那里，现在只好先到派出所，姐夫所长正在调看监控录像。海军懒得去管姐夫破案的事情，问找他什么事，在电话里说不就行了吗？姐夫拉着脸对海军说，你赶快把我给你办的那个证件还给我，还有那条旧警裤，也不准再穿了。海军问姐夫出什么事了，姐夫说事倒没有，但得防着点，昨天有人报案，说有一男一女两个假记者到处招摇撞骗，我就想到你那样也很不妥，别捅了娄子。海军笑了，让姐夫放心，说话时海军脑子里忽然闪了一念，接着问姐夫，那两个假记者抓到了吗？姐夫指了指电视屏幕说，才刚刚在中央商场拿到一盘录像，怀疑是他们，今天把全城的电视台排查一遍，就基本上可以确定了。

海军扫了一眼电视屏幕，愣住了。

从派出所出来，海军拦下一辆出租车，直奔廖静的住处。在车上，海军拨打廖静的手机，已经关机了。海军急得满头大汗，一遍遍地拨打，始终处于关机状态。等海军冲到廖静的住处，不在家，却在门上卡了一封信，正是给他的。廖静在信里说，你看到这封信时，我可能已经在飞机上了。我想了一夜，觉得还是离开的好。记得郝波说过，这个城市不可能容得下我们，当时我有点不以为然，但现在确信了。我必须走，不是去追随郝波，但也不可能为你留下来。对于你，我只能说声谢谢，也替郝波说声谢谢吧！

第六章　双生花

30

虞澄回娘家住了一个月才搬回来，回来后的第一件事，就是把那些挂了书房半面墙的棉布连衣裙，连同我的画笔、调色盘、躺椅，统统搬到垃圾站，让工人一把火烧了。看到我邋里邋遢的样子，她又把我摁进浴缸，一边气咻咻地帮我搓洗一边说，我承认我有病，难道你就正常吗，今后谁也别提治疗的事情了。

我心虚这件事情给虞澄造成的刺激和伤害，只好默认。

事情又回到了原点。虞澄依然活得光鲜亮丽，她的一切都是完美的。我不知道她对自己的丈夫有没有过愧疚，或者心底充满冷漠和鄙视也不是没有可能。可是我不能这样说她，除了夫妻生活，她在其他方面没什么可挑剔的。

她的丈夫，也就是我，守着一个合法的妻子，却无法进行有关夫妻的欢乐行为，有什么事情能比在这件事情上更让人窝心？好在虞澄怀孕了。她倒不是迫切地想要孩子，她怀孕的目的极其简单，就是为了避免我的纠缠。我只好罢手，尽管妊娠四个月到六个月期间是可以进行夫妻生活的，但我不再提出要求。要了也白要，她不会给我的，有一次我想亲吻她的乳房，她都不让亲。实在憋不住时，我就躲进卫生间自己解决掉。虞澄倒是开心，整天笑眯眯的，精心哺育着腹中的胎儿。

我有个小小的期望，生下孩子后，虞澄也许会变得好点。在我们心理学界，有句调侃女性洁癖患者的流行语：洁癖这种病，生个孩子就治好了。从国内外的大量病例资料和社交平台上的分享与点赞，以及我诊治过的好几个女性患者，生孩子后都得到了改善，可以说是大部分。偏偏虞澄成了一个最让我棘手和头疼的病例。

可李小雨出生后的结果是，我决定和虞澄分居。

女儿出生后，丈母娘来看外孙女，一进门便会主动洗干净双手，戴上口罩。我暗示她不需要这样，可是她不听，反而嗔怪我不懂保护婴儿的生长环境。和岳母离异了的岳父偶尔也来看看小雨，他本来是不愿意麻烦的，怎奈虞澄义正词严地提出要求，他没办法，只好同样戴上口罩，清洗双手。如果他老人家忍不住亲了孩子的脸蛋，虞澄就会大声呵斥，不要亲孩子，谁也别亲孩子，包括我在内。岳父的脸腾地就红了，憋得无话可说，从那以后再也不来我们家了。

李小雨八个月的时候我搬了出去。我在城乡结合部租了间简易的平房，偷偷搬了过去。这样一来，虞澄再也没有选择的余地了，她要么痛改前非，要么和我离婚。

我几乎不能相信自己就这么干了，离开了哺乳期的小雨母女。小雨长得像妈妈，像妈妈就一定会很漂亮，这是不用担心的。看着虞澄微笑着哺育怀中的婴儿，看着她满脸幸福的样子，我心里丝毫没有一丝快感。我蹲在地上，面带微笑看着她们母女，看着小雨一只小手搭在虞澄丰满的乳房上欢快地吮吸着，不禁咽了口唾沫。我问虞澄，为什么小雨能吃，我就不能吃。

小雨是纯洁的，虞澄说。

搬出去的三个月后，已经是初冬了。下了班，天已经黑下来。我在街边小店吃了点东西，买了几本书，准备回到城郊的小平房里看。我住的那一带乱糟糟、脏兮兮的，大多是低矮的民房。其间虞澄来看过我两次，带着我们的女儿小雨，但我仍然没有机会接触她，吻一吻她。虞澄把孩子从车上抱下来，看了看周围的环境，硬着头皮跟我进到屋里。我以为她醒悟了，会央求我回去，回到她们母女身边。但是她没有，她把孩子搂紧在怀里，而不愿放到床上或者沙发上，似乎那样就会遭遇严重的污染。我也必须洗干净双手，才被允许凑上前去，去握一握小雨嫩嫩的小手。她的小手在阳光里几近透明，脸蛋儿粉嘟嘟的，可爱极了。我又忍不住想上前亲她一口，被虞澄一把推开。我说我刷过牙了，你刚才不是看见了吗？虞澄说，刷过也不行，口腔是永远刷不干净的。

我已经懒得光火了，自从那次重度治疗后，我在心理上对虞澄有些歉疚，那也是我医疗生涯中的一次严重过失。那本来是可以避免的，大不了重新来过，一步步推进，说不定现在虞澄已经痊愈，至少有可能大大改善了。现在倒好，虞澄的注意力都放在如何保护孩子身上，已经懒得管我了。她说这样也好，等孩子大一些，自身有免疫力了，你再搬回去。她说完就带着小雨走了，好像多待一分钟对她都是一种折磨，都会给我们的女儿带来不必要的威胁。

黯淡的路灯使得周围的景物影影绰绰，分辨不清。快要走到小平房时，一个女人拦住我，问我要不要到上面坐坐。她说着指了指路边一幢两层民房二楼亮灯的房间。借着黯淡的光线，我看见面前的女子浓妆艳抹，她身上挥发出来的那股劣质的香水味尤其让我无法忍受。我摇摇头，叹息了一声。女子拉住我的胳膊再三纠缠，我往前走，她也跟着往前走。她说你不就住前面的那间平房吗，一个人，不寂寞吗？我说请你放尊重点，我不是你想象的那种人。女子咯咯笑了，什么这种人那种人的，听起来怪别扭的。女人要到我房子里去，我说不行，她仍然跟着我，甩是甩不掉了。我忽然想哭，忽然觉得面前的女子并不那么可憎。如果虞澄有她十分之一的热情，我还会搬到这里来吗，还会忍受一个人翻来覆去睡不着的夜晚吗？我是多么爱她和我们的女儿，我本来可以幸福地亲吻她们。

31

我掏出钥匙，掰开女子的手说你回去吧，我没那心情。女子并不罢休，一定要搞定似的纠缠着，直到虞澄闪现在我们近前，并咳嗽了一声，女子才悻悻离去。我把虞澄让进屋里。她穿着风衣，脸蛋还是那么美，甚至比以往多了一层冷傲。她的手始终插在风衣的大口袋里，好几次无意识地要抽出来，又都有意缩了回去。虞澄显然是强行让自己的手缩在风衣口袋里的，这使她看上去有一点紧张和僵硬。她认真而快速将屋子巡视了一遍，似乎担心我会趁她不注意掩藏什么。

虞澄显然以为我在外边有了女人，她一遍一遍地追问，刚才那个女人是谁，你告诉我，我是你的妻子，我有权知道那个女人是谁。

我还是你的丈夫呢，可实际上我是你的丈夫吗，你居然还好意思说是我的妻子，可实际上你是我的妻子吗？我这样说着，几乎流下泪来。

虞澄说，我知道你说的是什么意思，可我怎么就不是你的妻子了，难道小雨不是我们的亲生女儿？

我又瞪了一眼虞澄，没再吱声，我觉得没什么好说的，就没吱声。虞澄变得更加僵硬，你倒是说呀，那个女人到底是谁？她几乎哭喊起来。她哭着说，难道你就不能不要吗，如果你不要了，不就没事了吗？她说着就抽出了风衣口袋里的手，快速地往我下身一捅。幸好我闪躲得快，但大腿还是被狠狠地扎了一刀。

起先我并未感到疼痛，但很快，痛感就随着喷涌的血浆汹涌起来。

虞澄怔在那里，颤抖的手里紧握着一把手术刀，就是外科医生用的那种专业手术刀，短柄，精钢材质，刀头锃亮，锋利无比的那种，一刀就能拿下。

你不是医生，所以不太会知道手术刀是一种多么顺手的东西。别看它那么小巧，刀头还不到一寸，可是，如果你把它藏在风衣口袋里去偷袭别人，你就会明白，它是多么方便和令你充满勇气。我想虞澄就是发现了这种刀子的好处，并且因此充满了力量。很明显，她想把我骟了。她想趁我不注意的时候快速出击，一刀拿下，这样一来，我就再也不会老是纠缠她了。

可是虞澄扑空了，我只感到大腿根像被马蜂狠狠蜇了一下，我哎呀一声尖叫，怔在那里。我看见虞澄原本插在风衣口袋里的右手抽了出来，手里攥着一把医用手术刀。

虞澄的手抖了一下，刀面反射出一道刺眼的光芒，刀头还带着血，一缕血痕沿着刀刃向刀尖汇集，汇集成一滴血，挂在刀尖上。

我撇嘴笑了一下，便瘫倒在地。

不偏不倚，刀子正好扎破了我右大腿根的股动脉，我的血浆像决了堤的洪水，像高压水枪一样向外喷射。我还能明显感觉到，汹涌的血浆在我的裤管里四处漫延，使皮肤有些痒的那种感觉。我开始头晕，刚开始只有一点点，后来就晕得厉害了，眼睛也花了，嘴里开始发干。我还意识到自己开始抽搐起来，浑身发冷，我之所以抽搐，大概就是因为太冷的缘故。

虞澄哭喊着扑到我身上，但在我听来，她歇斯底里的哭喊声并不响亮，而是显得压抑和幽远，的确很幽远。虞澄照脸掴了我两巴掌，力量奇大，可是我并没觉得痛，只觉得一阵麻木。虞澄哭喊着说，老公你不要闭上眼睛，千万不要，老公我爱你。她一边哭喊一边快速解开我的裤带，褪到膝盖以下，又去脱我的内裤。不知道是因为手忙脚乱，还是太害怕的原因，虞澄褪不下来我的内裤。我知道她是要救我，可我还是害怕，我不能相信她。当她要用手术刀割开我的内裤时，我在迷糊中抬起左脚，一下子把她踹飞起来，飞到三米开外的地方。

我在心里哈哈大笑，暗自庆幸地对自己说，还好，这个杀手并不是那么厉害。

虞澄飞快地爬回来，爬到我身边，她不再试图褪我的内裤了，而是把双手紧紧捂到我大腿根处的伤口上。我嗷的一声惨叫，像一条被抽了筋的蛇那样浑身卷曲了一下。我大声呼号，你个狗娘养的，你压着我的睾丸了。虞澄赶忙调整了一下，她腾出一只沾满血浆的手，又左右开弓，照脸狠狠掴了我好几巴掌。虞澄笑了，老公你能说话就好，老公你不要闭上眼睛，老公我爱你。

虞澄抽出她风衣上长长的带子，使出吃奶的力气，在我伤口上方的位置缠绕了几圈，打上死结，又翻出我的一条棉衬衣，喊里咔嚓地撕成几块布片，在我的伤口上缠了一层又一层。虞澄一边做着这些，一边泪如雨下。老公，我不是要杀了你，你一定要相信我，我不是要杀了你，我只是想把你阉割了，那样你就能回到我和小雨身边了，老公你不要闭上眼睛，老公我爱你……老公你很长时间没看见小雨了吧，小雨都会喊爸爸了，特别可爱，特别乖……老公你怎么那么狠心，居然离开我和小雨，你难道不喜欢待在我和小雨身边吗，你不想要我们母女了吗?

迷迷糊糊中，听着虞澄的哭喊，我的眼眶一阵发热，泪水不由自主地滚落出来。

到了医院，医生问是谁把你伤成这个样子，报警了吗?我赶紧说是自己不小心扎伤的，不关别人事。

出院那天是虞澄抱着小雨来接我，是的，她抱着小雨，脸上布满一个美丽女人的灿烂微笑，还有一抹令人感到幸福的母性光辉。小雨看着我，突然笑了，笑得那么让人心醉又心碎。虞澄让小雨叫我爸爸，小雨仍然看着我，嘴里含着一根粉嘟嘟的手指头，果真喊了声爸爸。我很想冲过去，抱起小雨亲来亲去，用我的胡楂子扎她的小脸，听她多叫几声爸爸。可是我没有，我强忍着不断袭向心头的幸福感和难耐的痛楚，坐在那里无动于衷。

虞澄把小雨放到我的病床上，让我照看一下她，她好帮我收拾东西。我还是很想抱起小雨，亲她粉嘟嘟的脸蛋，听她多喊我几声爸爸。我也坐到床沿，用一只手支撑着小雨后背，使她坐在我的臂弯里。小雨正在玩手中的摇铃，她摇来摇去，悦耳的铃声使她非常开心，不时发出几声呢喃般的笑声。小雨身上散发出来温馨而又浓烈的婴儿的气味，几乎让我无法抵挡。

回到家，趁虞澄说要出去买些东西的当儿，我终于忍不住抱起小雨。小雨的嘴巴、鼻子、脸形太像她妈妈了，但眼睛和额头像我，小雨长大后一定是个又漂亮又聪明的女孩儿。她身上的气味、皮肤、笑声和幼小的身体，这些都让我感到那么幸福和满足。我突然把小雨搂进怀里，泪流满面地对她说，小雨，你再喊几声爸爸，再多喊几遍吧，我就要和你妈妈离婚了。

我决定回乌城了，我把一切都留给了虞澄，包括小雨，我只带着对她们母女的爱离开。

虞澄哭喊着，把我起草的离婚协议撕得粉碎。她不停地向我道歉，老公我爱你，小雨也爱你，而且你也爱我们，我们一家子那么幸福，谁会同意我们离婚呢。

我说，你不同意没关系，那我只好起诉了，法院会判我们离婚的。

其实法院也差点儿没同意我的离婚诉讼，因为我拿不出任何证据来证明我和虞澄的感情已经破裂，拿不出任何证据来证明我们的家庭一点儿都不幸福。当庭调解的时候法官就说我，世上哪还有你这么幸福的男人呢，甚至老婆出差，还要丈母娘来给你买早点……听着法官的调解，我的肺几乎要气炸了，脸色也青了。我只好朝法官摆摆手，示意他不要再说了。我也不想再绕弯弯，也没办法通过绕弯弯达到离婚的目的了。我只好当庭脱下自己的裤子，让法官看我大腿根的刀疤，接着我又从随身的包里掏出那条裤子。那条裤子的一条裤管早已被血浆浸透了，现在已经干了，皱巴巴的。我又从包里掏出一个信封，从信封里掏出一卷纸，放到法官面前的桌子上。我一点点打开纸卷，图穷匕见，最后露出那把手术刀。

法官质问虞澄，我提供的这些证据属实吗？虞澄哭着，她的眼睛已经哭肿了，没有那么好看了。她勒着头，点头又摇头，摇头又点头，弄得法官一片茫然。法官强调说，如果这是真的，你已经构成了人身伤害罪，法院不但可以当场判定你们离婚，你老公也有起诉的权利。听法官这么一说，我赶紧摆手说，法官大人，我不会起诉她，请您不用考虑这个问题，过错首先在我，我不应该那么狠心地离开家庭，抛下她们母女不管。法官又对我说，那既然这样，你为什么还要起诉离婚呢？女方已经非常诚恳地承认了错误，也承诺痛改前非了，并且有着你们感情一贯和睦的诸多证据，我是不是还是不能判你们离婚呢？我看这样吧，法官转向虞澄，对她说，我看你就当庭写个书面保证，保证以后再也不会给丈夫带来人身伤害，如果再有类似事件，就要接受法律制裁，并同意离婚，这样可以吗？

我大喊，这样不行。

法官瞪了我一眼，说你不要得理不饶人，没见过你这样分不清东西，还胡搅蛮缠的男人。法官把一张白纸和一支笔递给虞澄说，你写，你就写，保证以后再也不会阉割自己的丈夫，保证以后和丈夫过正常的夫妻生活，一周一次，否则愿意承担任何后果，你就这样写，我就有权力判决你们不离婚。

虞澄抹了把眼泪，她抬起头，双手放到纸上问法官，好，我就这样写，保证以后不割他的生殖器，我改割他的睾丸。

32

看到廖静面前的大皮箱，虞澄就明白了，她没安慰对方，此后也从没安慰过她，尽管廖静看上去那么失魂落魄。

“啊！”虞澄几乎失声尖叫，“看是谁来了，小雨快来，这就是我常给你提起的廖静阿姨。”小雨抬头看着廖静，笑了，这个漂亮的小女孩，虞澄和她依然惦念着的一想到他就心痛不已的那个叫李睿的家伙的女儿。小雨已经两岁了，仰着小脸，扑闪着水晶般的大眼睛看廖静。廖静显得疲惫，但她还是蹲下来，把小雨拥入怀里。

当初廖静和郝波去羊城旅游的时候，小雨还没出生，那时她就问虞澄，什么时候生孩子，到时候一定要认我做干妈。虞澄拧了一下她的脸说，没打算生孩子，除非你能给我生个孩子，说完她们都哈哈大笑起来。就在廖静和郝波离开羊城后，虞澄却决定生孩子了，经过周密测算，只跟李睿过了一次不戴安全套的夫妻生活，她就怀上了小雨。

虞澄无法容忍李睿急吼吼的样子，他们结婚后，虞澄还一改从前裸睡的习惯，这一点，她自己都没发觉。更让虞澄无法容忍的是，李睿似乎根本不愿理解她，他总是一而再再而三地要跟她亲热，有时候能折腾一夜，真是让人受不了。有时虞澄也会发火，就说道李睿，你把心思放到别的上面不好吗，比如你的工作，你的学术，你把劲儿都使到那上面去不好吗？虞澄以为自己都是正确的，苦口婆心说了那么多，可没什么用，一到夜里，李睿还是爬到她身上撒欢，死磨硬缠，真是烦透了。她觉得一旦在黑暗中，李睿就变得陌生起来，她不止一次地产生过阉割掉李睿的想法。她当然不能那样做，可是她有什么办法呢，她是他的妻子，是他的女人。虞澄想方设法地讨好李睿，对于工作、家务活儿，她不对他作任何要求，把他照顾得无微不至。她甚至叮嘱自己的母亲，请母亲在她出差外地的时候去给自己的丈夫洗脸、洗澡，给他买好早点。她竭力讨好他，让他过着王一般的日子，就是希望他能幡然醒悟，希望他能有所觉察，觉察到她的苦衷，她的不良反应。可他倒好，不但丝毫不顾及自己的感受，反而走上了变态画家的道路。

虞澄没法子了，只好选择生孩子，她以为经过一年半载的孕期生活，以及孩子出生后的纷繁忙碌，李睿或许可以有所收敛，至少通过那么长时间的冷处理，他总该有所缓解。可是没用，虞澄挖空了心思，结果一切的努力都付诸东流。小雨生下来后，他居然搬了出去，他居然连自己的妻子和女儿都不要了。虞澄很失望，她甚至相信自己这一辈子不会再爱上第二个男人了，即便离了婚，李睿回了乌城继续跟导师攻读博士，她仍然爱着他，这对自己来说已经是个奇迹。

廖静拥着小雨，她的双颊忽然滚下两行泪水，那么汹涌而又安静，没有身体的抽动和哽咽声。为了不让孩子察觉，她只好把小雨紧紧拥在怀里，下巴枕在小雨的肩上。

虞澄咳了一声，廖静偷偷抹干泪水，转身拉开皮箱的拉锁，掏出一个漂亮的芭比娃娃，在小雨面前晃了晃说："小雨乖，这是阿姨，不，应该是干妈送给你的礼物，喜欢吗？"她抬头嗔怪地看着虞澄："你不会只告诉孩子，我仅仅是她的阿姨吧？当初咱可是说好了的，小雨，叫干妈，喜欢干妈送给你的礼物吗？"她又抱着小雨亲了几口。

虞澄笑了。干妈就干妈呗，小雨正没人疼呢，多个妈有什么不好？

虞澄把廖静带到自己的住处，是幢旧式建筑三楼的阁楼，布置得精巧温馨，虞澄没把它拿出来做西餐厅的包间，而是设计成了自己和女儿的临时居所，一楼二楼用来营业。卧室里的摆设相对简单，一张大床，一台电视，还有个梳妆台，衣服鞋子扔得到处都是，显得很乱。廖静笑了，这完全不是你大学时的样子了，简直变成了个破落户儿。虞澄没吱声，只告诉廖静说这是她姨妈的店，姨妈和姨父去了英国表妹那里，店面又不舍得扔，便留给了自己，她便辞了医院朝九晚五的工作，专心经营这家西餐厅。由于餐厅离家远，她便带小雨住到店里。廖静觉得虞澄放弃心理医生的职业有些可惜，虞澄嘴一撇，说在别人眼里，我自己就是个重症患者，根本没有当一名称职医生的资格。廖静说，你说的别人，不就是李睿吗，怎么，他居然也治不好你？虞澄叫来餐厅的领班小梅，让她带小雨出去玩儿，转身盯着廖静问，你觉得他能治好我吗？廖静点头表示同意。

虞澄上来抱住廖静，轻轻拍着她的背说，我们直到同时成为两个被人抛弃的女人才又走到一起，早知今日，何必当初。廖静想起来，大学毕业时虞澄曾邀请她一起来羊城的，但当时的她们，或者说也许是自己还一片懵懂，对未知的一切总是怀着一丝恐惧和不知所以然的拒绝，所以谁都不够笃定。即便现在，自己也不是笃定的，只是顺着内心的流水漂浮而来了。

廖静挣脱虞澄的双臂，苦笑了下说，你别误会，我可不是来投奔你的，不定哪天就走了呢。虞澄沉下脸说，你还是那么倔，臭脾气一点儿没改，你呀，也是个患者，只有我能医治你。

廖静扑哧笑了，好像我有多么丰富多彩似的，真是这样，我还挺为自己自豪的呢！

虞澄看廖静挺疲倦的，便让她先睡会儿，叮嘱她说要带小雨去趟母亲那里，晚上一起吃饭。

廖静躺到床上，被褥上除了虞澄熟悉的体香，还多了层小雨的奶香。床头柜上摆满了小雨的布偶玩具，有长尾猴、小兔子、萌萌的皮卡丘，会发出音乐的公主娃娃。廖静揿下公主娃娃的电源键，一阵童稚的电子音乐响起，穿着白裙子的公主娃娃缓缓转动着，翩跹起舞。廖静眯着眼，公主娃娃变得模糊不清，廖静伴着自己也穿着白裙子跳着舞的童年影像的音乐声沉沉睡去。她梦见许多个自己，穿着白裙子，光着脚，在一片强光照耀的旷野里奔跑，身后也不知道是什么怪物追赶着自己。

33

我跟虞澄离婚后的相当一段时间里无法振作起来，像生了一场大病，似乎生命中的某条气脉断了。我的妻子虞澄，她是个好女人，除了几乎完美无缺的表象背后那令我作为一个男人丧尽尊严的心理疾病。我一生都爱着她，没再爱过别人，尽管读完博士以后，在师母的撮合下我又结婚了，可在第二任妻子身上我再也找不到对虞澄的那种眷恋。

我从来就没真正得到过虞澄，认清这一事实使我一生中发出过无数次喟叹。

我和虞澄不是一路人，我们就像两根铁轨，永远也不能交叉到一起。我们找不到交叉点。虽然我也经常去羊城看望她们母女，虞澄和李小雨，这两个在我生命中无法割舍的女人，她们和我其实已经没什么关系，就那样似乎与我毫无关碍又如此鲜活地存在着。

郝波、廖静从羊城回沙市以后，就再也没了消息，发短信不回，我也打过两次手机，郝波一律未接。等我回到乌城，心情终于平复下来，再拨打郝波的手机，却被告知停机了。在一个实在无聊的周日，我去了趟卫岗某小区，凭着模糊记忆，总算摸到郝波家。敲门，无人应答，这才发现，门框两边的对联卷起的纸边上积满了灰尘，门口的地面上也是一层灰，没有踩踏的痕迹。我正狐疑，对过的门开了，一位中年妇女把一袋垃圾放到门边，看了我一眼，问找谁。我说出来由，妇女操着一口北京口音说，咱也不知道姓啥，老头子前年就死了，儿子回来过，住了两三个月，再没见动静儿。我又看了眼门上的对联，“寅虎希声归山林，银兔呈祥迎新春”，现在已经是蛇年了。

我只好悻悻然离开。走到半路，又折回去，写了张纸条，从门缝塞进去。做完这个动作，我终于宽慰了些。我坚信郝波看到纸条后，一定会第一时间联系我。

34

虞澄吩咐后厨把招待廖静的西餐送到阁楼的阳台上，两人就着落日的余晖共进晚餐。廖静看了眼餐点，法式烤扇贝，焗蜗牛，意大利奶油布丁，用手指饼干和马斯卡彭奶油芝士做成的提拉米苏……满满一桌子。虞澄开了一瓶干红，一边给廖静倒酒一边说，订了两箱拉菲还没到货，这是二十年的波尔多，你尝尝。廖静握着杯子摇了摇，闻一闻，将杯口凑到嘴唇边，轻轻啜了一口。虞澄问口感，廖静微笑着点点头，虞澄举起杯子，两人碰了一下。廖静一直默不作声，只是大口进食，大口饮酒，虞澄不便多问。廖静有些醉了，终于放松下来，故意没话找话，抱怨虞澄把自己喂得太饱。你看我的腰，明显比大学时粗了一圈。虞澄指了指街对过，你拿我的卡，随时可以去。廖静看了眼街对过已经亮起来的招牌，五月花健身房，旁边是巨幅电子大屏，正播放着健身房内的各种设施和身材极好的美女视频。

不觉间，夜幕已经拉开，整条街道被各种颜色的灯光点亮，由于是商业广场区，还好没有各种轰鸣的车辆，只是人声有点吵。虞澄叫小梅上来收拾利落，又送过来一壶水果茶和两小碟水果，两人就着夜景，在墙角黯淡的灯光和阳台边生长旺盛的植物的阴影里享受着那种久违的温和。廖静问虞澄的父母还好吗，虞澄没好气地说别提他们，整天嚷嚷着要我找下家，给我张罗相亲对象，都快烦死了。廖静说那你就没考虑过找个男朋友，或者再嫁吗？虞澄靠到椅背上，呈半仰状态。你真是昏头了，那你告诉我，你有考虑过再嫁吗？廖静苦笑着摇摇头，我现在还不想考虑，但不意味着以后不会。虞澄沉默了一会儿，突然大声笑起来，直笑得歪向一边，边笑边指着廖静要说什么。廖静奇怪地说你笑什么，怪异死了。

虞澄踱到廖静身后，双手搭在她肩上，拍了拍说，快快乐乐地住下来，我养你。听了虞澄的话，廖静再也抑制不住眼泪，转身抱住虞澄的腰，无法遏制地号啕大哭起来。虞澄轻轻拥着廖静，抚摸着她的头发，眼圈也有些湿润。

住了段日子，廖静对虞澄说自己还是想一个人住，虞澄老大不情愿，但看看廖静的表情，只好答应。在虞澄的帮助下，廖静很快租到一间单身公寓，在市郊，再往外就是农村了，在窗户里能看到绿油油的菜地和池塘。虞澄到超市买来一大堆日用品，帮廖静一一摆放好。廖静说，行了行了，餐厅生意忙，你也够累的，我来收拾吧。虞澄不吱声，只顾收拾，廖静只好任她摆放。收拾完，虞澄临走时才对廖静说，也不知道你想什么，陪我住多好。廖静笑着说，我会经常去看你，到了你那儿可别不理我。虞澄白了一眼廖静，从包里掏出一沓钞票扔到桌子上，没有了就问我要，我得走了。说完转身往外走，廖静抓起钞票追出门，塞回虞澄手里说，这算什么，我不要你的钱。虞澄说，不要也得要，上学时都是你护着我，现在该轮到我保护你了。廖静还是坚持，虞澄只好作罢。

廖静仰面躺在床上，一会儿觉得房子里很冷清，一会儿又觉得很惬意。她想了很多事情，将近三十年的生活像看电影一样都过了一遍，最终也没想出个头绪。因为这部电影没有主题，最多也就是几个大的片段剪辑，每个片段里，或许有一些让她动容的东西，但她的思绪很快就进入下一个片段，或者回到上一个片段。沿着这些片段，廖静做了一整夜奇怪的梦，她梦见自己不停地出现在不同的场合，一会儿是家乡，一会儿是沙市，一会儿是风沙弥漫的正午，一会儿是乌城难眠的夜晚。无论身处哪一个场合，她都会深感不安，好像无从立足。她不知道自己被一种什么样的力量挟持了，也许是一种无形的风暴，也许是一堵有力的墙壁。风暴不断地把她扔到一个个似曾熟悉的场景，但绝不让她逗留太久，紧接着就把她扔到另一个地方，墙壁则阻挡着她的去向和退路。廖静在梦里发出一阵阵惊呼，紧张得无从躲藏。一切仿佛都是光影，让人抓摸不着，无从分辨。

第二天早上醒来时，天刚亮，廖静快速爬起来，洗了脸，穿上一双软底球鞋，一溜小跑着下楼，再跑出小区，来到大马路上，顺着马路边的林荫道向南跑去。廖静决定每天早上起来晨练，这是她选择独居的原因之一，她担心和虞澄住在一起会变得慵懒。廖静意识到需要好好地沉淀沉淀，过一段与世隔绝的日子，下面的日子该怎么过，或许会在这隔绝的日子里找到答案。

跑步的时候，廖静常常想起她来羊城时从售票大厅到火车门口的那段奔跑，当时的气喘吁吁、汗流浃背，让她自惭形秽甚至还有些气恼。她不自觉地加快速度，甚至感到耳边有轻微的风声，直到再也跑不动为止。

廖静跟虞澄几乎每天见面，不见面也会通一会儿电话。大概一个月后的一天傍晚，廖静去湖南路的超市买东西时，虞澄又打电话过来，问她在哪，廖静说在逛街呀。虞澄说，你一个人逛街小心点，会有人抢包的。廖静笑了，光天化日的，哪会呀！话还没说完，一个穿夹克的小青年从后边猛地拽下廖静右肩上的挎包，撒腿就跑。廖静一个踉跄，差点儿摔倒。她本能地尖叫起来，抢包呀，嘴里喊着，脚下已经本能地追出去。虞澄在电话里惊诧地喊着，问廖静怎么了，廖静边跑边对虞澄说自己的包被人抢了，虞澄再说什么，她已听不到了。

廖静甩开膀子，一路狂追。也许是大街上人多的缘故，廖静忘了害怕，她在本能的追赶中发现自己的速度居然跟得上前面的逃跑者，这令她对自己多了一分信心和勇气。也不知道追了多远，抢包的小青年拐进一条人流稀少的小巷，停了下来。廖静冲刺几步，挡在小青年前面，有些生气地瞪着对方。廖静这才感到害怕，她看了看四周，毕竟有些人的，她的胆子才壮了些。小青年大口喘气，累得已经不行了。廖静看着对方狼狈的样子，不禁窃笑。小青年咽了口唾沫，长舒一口气，很不情愿地把包递给廖静说，没想到，你那么能跑，算了，还给你。廖静有些发抖地接过包，脸上尽力维持着平静。

小青年转身走了，廖静怔怔地站在那里，直到小青年拐了个弯，再也看不见他。小青年离去的时候回了几下头，他每回一下头，廖静都紧张一下子，好像他会掉头冲回来似的。廖静的心怦怦跳着，快步来到大路上，拦下一辆的士，赶紧钻进车里，才放松下来。她已经很疲惫了，两条腿仍在发抖。手机又响了，虞澄紧张地询问，廖静告诉她没事了。虞澄不放心，问真的没事了吗，廖静说真的没事了。

这件事后，接下来的许多天里，廖静仍然感到害怕。晚上躲在一个人的房屋里，门外稍稍有一点动静，她都要支着耳朵听老半天，直到确认没有人要撬开门锁，也没有人趴在猫眼上往屋子里看为止。廖静不再轻易出门，一来到街上，廖静就觉得脊梁骨发冷，好像始终有一双眼睛在盯着她，好像始终有个难忘的身影在跟踪她。这种感觉，在沙市的时候常有，廖静并不陌生。每次回租住的房子，她都要在小区外的花圃旁逗留一会儿，直到确认没有人躲在某个角落盯梢她，她才敢快步进入小区，噔噔噔上楼，惊慌失措地开锁，进屋，嘭的一声关上房门。

廖静一次次地想起家乡，母亲一定正坐在天寒地冻中的暖炕上，唠叨着她的名字，念叨着女儿为什么不写个信回去，寄张照片过去。每想起这些，廖静就会泪流满面，多次想到回东北算了，那里有亲人，有温暖，至少不会如此地害怕和孤单。她有些奇怪，来羊城时为什么没想到回东北呢，如果是那样，她现在也许已经安静下来了，至少不会像现在这样飘浮在半空中，犹如一片无人问津的流云。有好几次，廖静踩着凳子，想取下衣柜上的大皮箱，可是她发现那具空皮箱是如此之重，尽管她确信自己有力量搬动它，可实际上怎么也搬不动。漆黑的大号皮箱似乎装满了生活中所有的沉重和黑暗，她用手在那里面拨弄几下，根本扒拉不开一道缝隙。

35

虞澄终究不放心廖静一个人住，劝她搬回西餐厅，她已安排人把阁楼上的另一间储藏室清理出来，布置了床铺。虞澄指着布置一新的房间说，小是小了点，住你一个人还是够的。这时小雨也扑到廖静怀里，钩着她的脖子奶声奶气地叫干妈，廖静亲了她一口，答应虞澄搬回来。

小梅才二十出头，虽然年轻，在厨房里却是一把好手，虞澄说是托朋友从羊城最好的五星酒店挖过来的。不忙的时候，廖静也找小梅和其他服务员聊天，很快就混得厮熟。廖静发现小梅是一个很文静的女孩，不爱讲话，只知道闷头做事情。大概都是来自小县城，气质上有相似之处，廖静对小梅多了几分好感。小梅的长相称得上是漂亮的那种，只是由于缺少都市女孩的现代气息，所以并不容易引起人的注意。小梅每次吃得都很少，廖静劝她多吃点，小梅就腼腆地笑笑说不敢多吃，在厨房里工作，光烹调各种食物散发出来的营养成分，都够维持了，再多吃的话就会胖得不成样子。廖静说你并不胖呀，她还偷偷瞟了一眼她露出衣袖的手腕和她衣领下边的皮肤，都圆润润，粉嘟嘟的。这时虞澄用筷子敲了敲廖静的碗沿说，你是不是看上人家了，可惜你不是个男的，否则我就把她许给你。说得大家都笑了。虞澄用筷子指着廖静问小梅，她要是个男的，你愿意跟她吗？小梅盈盈笑着，只顾低头吃饭，却不搭腔。虞澄继续开玩笑似的说，她要是个男的，也是个花心男人，你不要跟她，跟她不如跟我。

晚上，虞澄和廖静两人脸上分别敷着面膜的时候，虞澄说，你来之前，我压根就没注意过小梅，今天才注意到她还真有一副好身段呢。廖静哈哈大笑，虞澄也笑。这么说你是真看上小梅了，那好，我成全你。廖静打了一下虞澄，你什么时候变得这么口无遮拦的，真是骚得不像个样子。虞澄把廖静扑到床上，压在她身上说，你不也一样。虞澄忽然想起什么，又起身，轻手轻脚走到隔壁廖静的房间看小雨是否已经睡熟，须臾回来，廖静问睡着了吗，虞澄点头，然后和廖静并排躺在床上，都不说话。

餐厅特别忙碌的时候，廖静也帮忙端菜，打扫打扫卫生什么的。虞澄拦着不让她弄，说你帮我看着前台，收收钱就行了，廖静不同意，说我可不想白吃你的，干点儿活，也就心安理得了。虞澄没再说什么，只是笑盈盈地看着她。

不忙的时候，小梅问廖静为什么来羊城，廖静简单讲了自己的故事，小梅便不再追问。她主动给廖静讲她小时候的故事，讲她乡下的男朋友。小梅是自由恋爱的，父母不喜欢那个男孩，她一生气就跑了出来。她想赚一些钱再回家，给那个男孩，好让他盖房子，下聘礼。看着小梅单纯天真的样子，廖静有些嫉妒，同时感到一丝惆怅，但好在这些对她来说已经不那么重要了。

晚上，虞澄告诉廖静，从明天起恐怕真得把你当个服务员使唤了，小杜要和老贾结婚，明天就不来了，我怕忙不过来。廖静没吱声，虞澄跟她商量，要不再请一个，我不忍心让你端盘子倒水呢！廖静笑了笑，说你是当家的，你拿主意，我有吃有喝就行。说完两人就都不吱声了，廖静只好打破沉默，说反正我闲着也是闲着，不过我要求的酬金可不低啊。虞澄眯眼看着廖静，点燃一支烟，一副迷醉的样子。她把香烟递了过去。廖静又想起两人以前一起度过的那些冬天，觉得有些头重脚轻，她接过香烟，吸了一口又还给虞澄。

中午端菜时，由于过道拥挤，廖静被一个食客绊了一脚，一盘子菜掉到地上，幸好那个食客从后面揽住她的腰，才没摔倒。廖静连声说着对不起，回头看那个食客，食客正笑看着她说，哎！是你呀，还记得我吗？廖静快速瞟了一眼那人，高高大大的，并不认识他。廖静摇摇头说，对不起，我不认识你，说着就快步走进里面拿拖把去了。一到里面，廖静哗啦一下子想起来，他不就是自己来羊城时，在沙市火车站要帮自己拎皮箱的那个墨镜男吗？他当时好像还说了句什么，廖静已经记不起来了。

回到前厅，男人正在买单，和虞澄用羊城方言聊着什么，廖静一点儿也听不懂。见廖静回来，他又朝她笑了笑。想起来了吗，我当时还问你坐哪趟车，说不定同路，原来我们当时坐的果真是同一趟车呢。廖静笑了笑，朝他点点头，他又看了廖静几眼。虞澄笑着用广东话说了句什么，说得那个人哈哈大笑着直点头。

虞澄告诉廖静，那个人叫李晨，是个私营业主，做电脑生意的，因为公司就在这附近，所以经常来这里吃午饭。

这以后，李晨成了西餐厅的常客，就差没把这儿变成自家厨房。有时候星期天他也会来，虞澄就迎上去，开玩笑地说，你在我们这里吃饭比在家里吃饭的次数还多吧？李晨有些不好意思地笑了笑，他知道虞澄话里有话，便硬着头皮说，怎么，不欢迎呀！虞澄说当然欢迎了，你坐，我让廖静给你倒水。李晨赶忙说，廖静可不是你雇用的服务员哦！虞澄说，看你说的，廖静又不是你的女人，你心疼哪门子。这时廖静笑盈盈地端着柠檬水过来，要替李晨倒水，李晨急忙站起来，抢过廖静手中的水壶给自己倒上，再把水壶还给廖静，两眼痴迷。

廖静脸上终于有了轻松的笑容，有时候还会不由自主地哼两声小曲儿。西餐厅不那么忙的时候，她经常出去走走，刚开始虞澄陪了她几回，小梅也陪过她两次，后来陪廖静兜风的任务就移交给了李晨。有时候和李晨一起游玩回来，走在街头，廖静会有一丝心旷神怡，觉得生活还是可以往好处去的。两人逛到很晚，廖静就和李晨一起找家宾馆住下了，其间虞澄来电话问了好几次何时回去，廖静就告诉她和李晨在一起，晚上不回去了。

直到第二天中午廖静才回到西餐厅，发现虞澄脸色阴沉，廖静只好佯装灿烂，主动张罗里里外外的事情，忙个不停，一直忙到送走最后一位客人，才拖着疲倦的身体回到阁楼。虞澄脸上敷着面膜，正在指点小雨画画儿，听到廖静进来的动静，并不招呼。廖静凑到小雨跟前，在她小脸上亲一下，又对她的画作夸奖一番。小雨开心地叫干妈，虞澄则起身离开，坐到自己的梳妆台前捯饬着。廖静抿嘴笑，大声对着虞澄的背影说，哎，老娘忙了一天累得腰酸背疼，你倒好，躲在阁楼享清闲，连句安慰的话都没有吗？虞澄揭去面膜，拿起眉毛夹子，对着镜子修理眉毛。廖静站在屋子中间，瞪了一会子虞澄的背影，甩手说，不理人拉倒，我洗澡去了。说完便自觉离开房间，洗了澡，吹干头发，躺到床上，辗转反侧许久才沉沉睡去。

此后连续三天，两人天天照面，却几乎没说上三句话。第三天打烊后，廖静问虞澄要保险柜的钥匙，把当天的流水锁进去时，虞澄才回应廖静，指指自己梳妆台的抽屉说，钥匙不都在那里吗，你又不是不知道。廖静故意大幅度地拉开抽屉，一边扒拉一边说，我知道，我故意的。虞澄不冷不热地说，今后钥匙就放你那儿吧，省得烦我。廖静上前搂住虞澄的脖子，摇晃着她的肩膀撒娇说，好妈妈，咱不生闷气了好吗，我知道错了，今后保证夜夜归宿，不让你担心。虞澄强作坦然地说，天要下雨，娘要嫁人，我可没拦你，不过我可告诉你，那个李晨是有家室的，人家也就跟你玩玩罢了。廖静从后边抱住虞澄的腰，把鼻子埋进她的头发里继续撒娇。我也没当真，有你就够了。虞澄掰开廖静的手，转身推开她说，你去你房间看看小雨睡着了吗，我去给你准备洗澡水，这些天辛苦你了。

第七章　隐匿之歌

36

周三那天，虞澄突然放了所有员工的假，让他们自由行动。廖静照常九点多钟起来，问虞澄要不要陪她一起去马场附近转转。虞澄说你自个儿去吧，我要带小雨去趟父亲那里，他说想外孙女儿了，让我送过去，陪他住几天。廖静说那好吧，我去找小梅，让她陪我去。虞澄说，为什么不让李晨陪你去，小梅说要回乡下，明天才回来。廖静说，李晨昨儿晚上去温州了，那我自己去吧。

虞澄问，他是怎么去的？

坐飞机吧，我也不甚清楚。

最好从天上掉下来，摔死算了。

廖静扑哧笑了。有你这么恶毒的吗？

虞澄勉强笑了笑说，说着玩儿的。

两人挎着各自的包走出西餐厅，虞澄从车库里开出轿车，招呼小雨上车，先走了。

在马场附近的一所公共厕所里，廖静发现自己来月经了，内裤都弄脏了。廖静觉得秽气，塞了些卫生纸，到商店里买了一小包卫生巾，又回到厕所里换上。廖静觉得双腿有些软，脑袋晕乎乎的，决定回西餐厅。

出租车在餐厅前停下，廖静下了车，绕到餐厅后边的仓库门前，掏出钥匙要开卷帘门时，才发现根本没锁。廖静奇怪，临出门的时候亲眼看着虞澄锁好了卷帘门的。她轻轻提起卷帘门，里面的玻璃门也闪开一条缝，廖静一阵紧张，以为遭贼了，大气不敢喘，蹑手蹑脚地闪进玻璃门。过道里没有人，通向前厅的门也虚掩着。厨房里没有生火，狭窄的走廊里光线暗淡，走廊的尽头就是通往二楼和阁楼的楼梯口。廖静走到楼梯口，刚踏上几阶楼梯，突然一声似痛非痛的呻吟从上头传下来，像黯淡楼道里猛地蹿起的一道火焰，把廖静吓得僵在那里。接着又没有声音了，楼道里安静异常，廖静甚至听得见自己的呼吸和心跳。接着又从阁楼上隐约传出断续的呻吟声，这回廖静听清楚了，是两个人的。廖静怔在楼梯上，一脚上一脚下，身体一动不动，扶着楼梯的手抓得更紧了。

从西餐厅走出来，轻轻掩好门，廖静才舒了口气。看着大街上飞驶的车辆和急匆匆的人群，廖静无所适从，不知道要去哪里。所有人都在忙碌着，无论是大街上的还是屋子里的，只有她，被弃置在世界边缘，身前身后没有一点儿可以抓住的东西。她倚着一座建筑物的墙根，远远地看见餐厅临街的门被打开，小梅从里面探出头来，左右逡巡了一番，才走出来，勒着头快步朝着相反的方向离去。接着虞澄也跟着出来，站在餐厅门前，左右看了看，廖静赶紧背过身，躲进建筑物的一角。又站了一会儿，廖静探出头来，发现虞澄还站在那儿，好像正朝她这儿看着。廖静只好缩回去，倚着墙根不动。

整整一个下午，廖静都在大街上晃悠，她的脚步轻飘飘的，似乎一阵风起，就能把她吹到空中。她不知道给李晨打了多少个电话，始终打不通。廖静没想过自己就这样稀里糊涂地跟了李晨，她常常用缘分两个字安慰自己，她还能怎么解释呢。在羊城，如果说自己还有什么东西可以抓得住的话，那就是李晨了，尽管她意识到这其实也是一个没有根基的虚妄念头。

暮色降临时，廖静最后一点儿力气也游丝般飘离了。她回到餐厅，也懒得吃东西，一头栽到床上，很快睡着了，等被一阵响声和亮光惊醒，廖静看了看钟，是晚上十一点多。廖静坐起来，靠在床头，装出一副什么都没发生的样子，问虞澄的父亲还好吗？虞澄坐在椅子上，面朝廖静，手里夹着一支烟。廖静皱了皱眉说，又抽烟，呛死人了。在一缕朦胧的烟圈后面，廖静看见虞澄的面孔冷淡得令人害怕，她甚至觉得那张脸有些扭曲变形。你都看到了，你知道我把小雨撂在我爸那儿就回来了。虞澄掸了下烟灰，看着廖静说。廖静支吾了半天没说出话来。虞澄又深吸了一口，说我知道你一直躲着我，我没觉得有什么，因为你比我正常，可我为什么就正常不起来呢。虞澄说着突然低下头，她哭了，眼泪汹涌，肩膀抽动着。她又点上一支烟，时而冷静、时而啜泣。她开始唠叨和李睿的婚姻，唠叨那是一个多么优秀的男人，唠叨他们婚姻中的幸福和唯一的不幸。廖静很想插上几句，话一到嘴边就又咽了回去，她不知道该怎么说，插不上嘴。

唠叨完，虞澄抹了一把眼泪，继续瞪着廖静说，其实不想拉小梅下水的，可是你却和李晨好上了，知道吗，当你出现在我面前时，我心底别提有多高兴，我当时就想我们还可以像大学期间那么好。廖静直摇头，表示没忘。

那么说，我们还能回到从前喽?

廖静怔在那里，又摇了摇头。

两人不欢而散，虞澄走的时候砰的一声带上房门，震得廖静浑身发抖。

第二天一早，廖静收拾好自己的黑皮箱，李晨的车子就到了。李晨把小车停在西餐厅门口，进来帮廖静拎起大皮箱，并笑着对虞澄说，在沙市火车站，我要拎这只大皮箱，她还不理我，没想到现在她主动要求我拎它了。虞澄的脸一阵红一阵白，没搭理李晨。廖静偷偷踢了一下李晨，有些歉意地看着虞澄，虞澄漠然地转过身去。廖静没再说什么，低着头，跟李晨走出餐厅。身后餐厅里的光线是暗淡的，站在阴影里的虞澄的背影有些摇摇欲坠，四肢无力。

在郊外一片花园式的小区里，李晨租了套精装公寓，廖静就在那里和李晨同居了。刚开始，廖静是快乐和充实的，她像一个高贵的宾客或者主人，李晨隔一两天就来看她，殷勤备至。这也恰恰符合廖静的期待，她不想和一个男人整天耳鬓厮磨在一起，反倒是这样，有了足够安静的空间。其间，廖静回了一次东北，在小县城的家里陪母亲，不想母亲整天缠着她问这问那，廖静怕露出破绽，待到第四天，就借口说单位事情多，领导催着回了，又逃也似的辞别了母亲。

廖静没有直接返回羊城，而是来了乌城，很容易便找到我，问我有没有郝波的消息。我想廖静必定去过卫岗了，必定也没找到郝波，只好来找我打听。看到我的反应，廖静便明白了，啥也没说，拉着行李箱转身离去，我都没来得及问她的处境。

37

不想廖静前脚离开，后脚我就遇到了郝波。廖静离开后，不甘心的我又去了一趟卫岗，还是那道紧闭的门，还是那些人去后无人打扫的灰尘。就连当初我塞进门缝的字条，故意留下的一角仍然露在外头，如此醒目。我用脚尖踢了下，字条隐没在门内，彻底没了踪迹。

第三天，一位本院的教授朋友约我去江北山里的定林寺去体验一场法事，我便遇到了郝波。起先我没认出他来，只看到一个熟悉的背影，在一间禅房的楼梯口快速一闪，一颗光光的脑袋也快速扭了一下，好像要故意躲避什么似的。我大叫一声郝波，他没搭理，而是低头快速闪进一间屋子。我撇下朋友，冲向楼梯口，快速爬到二楼，直奔郝波闪入的那间禅房。

我轻声唤着，郝波我认出你来了，出来见一见吧。

没有回应。

我继续轻声呼唤，郝波你不是离开乌城了吗，你什么时候回来的，你怎么会在这里？出来吧，兄弟，跟我说句话……我没有察觉到，自己的眼泪已经滚出来。

郝波只好从一扇门后走出来，他双手合十，向我鞠了一躬说，施主，请不要在这里哭闹。

这个身形瘦削，面庞白净，发型短齐，却身着僧衣的年轻人，他不是郝波又能是谁呢。我靠近他，想和他握手，他却合掌于胸前，向后退了一步。他的头勒得很低，但他还是忍不住抬头看了我一眼。他的眼神释然，却也掩饰不住一丝绝望和哀伤。我只好让自己平静下来，发出一连串的追问，郝波终于再次缓缓抬起头，怯怯地看我一眼说，这位先生，郝波已经不在人世了。

你别叫我施主，我不是施主，也不是某某先生，我是李睿。

郝波给我倒了一杯绿茶，然后坐到我对面。我有太多的疑问，可是他始终缄默，似乎一切都没什么好说的了。我所有的追问换来的都是他平静冷淡的回答，以后你就叫我凡灯吧。

凡灯？去你的凡灯吧，郝波，你给我说说，这到底咋回事儿？

施主，请叫我凡灯！

你又来了，什么施主，施主在哪儿，请你叫我李睿。

世间也无李睿。

那好吧，郝波，你总得给我一个交代，这咋回事儿？

原来，郝波归葬了父亲后，房门一锁，便来了定林寺。但寺里见他眼神中尽是牵挂和不舍，并没为他剃度，郝波无奈，只好先带发修行，暂列俗家弟子。

我抓住郝波的衣袖，要把他拖出禅房，拖回到人世，这时，郝波的眼神反而忽然变得清澈澄明，任凭我告诉她廖静来乌城的消息，他的眼里也只是闪过一道光芒，随即隐灭。他从内室拿出一个牛皮纸的信封交到我手上，里面是一把钥匙，一纸要跟廖静离婚的协议书。我看也没看，把钥匙和协议书扔到地上，掉头就走。

踏出门槛的时候，我撂下一句话，廖静也许在广州，但我不确定，没来得及问她，虞澄在电话里也支支吾吾。

38

一回到羊城，廖静就迫不及待地给李晨打电话，要他尽快来到自己身边，要和他做爱。廖静觉得自己已经被某种东西挟持了，她因此坐立不安，只想要尽快释放，或者说从那种被勒紧脖子的窒息中解脱出来。

李晨回电话说，家里有点儿事，今天不能见面了，明天吧。廖静追问什么事，李晨说也没什么事，女儿病了，他要带她去医院。廖静倒在沙发里，很长时间，她的脑子里一片空白，不失望也不悲伤，整个世界失重，带来的反应是眩晕，视线模糊。廖静在沙发里坐了不知多久，回过神来，看一眼墙上的挂钟，已经很晚了。她的肚子咕咕叫起来，意识到李晨不可能来了，便到厨房为自己煮了碗泡面，只吃了几口，就把碗筷撂在桌子上。廖静脱光衣服扔到沙发上，光脚来到阳台，拉开窗户，一缕温热的风轻拂着她的身体。月亮已经升起在远方湛蓝的海面，她在月光里看见虞澄正在朝自己走来。

廖静隔三岔五地去看虞澄，有时候还和她一起去看她的父亲或母亲。虞澄母亲非常喜欢廖静，一看见她就眉开眼笑，非要认廖静做干女儿。虞澄对母亲说，别瞎折腾了，人家早过了认干娘的年龄。廖静笑着说，没什么的，阿姨高兴，那我叫妈就是了。虞澄没说什么，她常常一个人傻傻地怀念大学时那些冬天的夜晚，而每当回到现实，惆怅就会紧紧抓住她，让她无从摆脱。

一场学术会议，把我带回到羊城，不但确认了廖静的行踪，也有了跟小雨耳鬓厮磨的机会。小雨对我又抱又亲，恨不得整天黏着我，反倒令我无限悲伤。一起吃饭的时候，廖静便说，小雨那么乖，你跟虞澄那么登对，不如你们复婚吧！虞澄怔住了，我也怔了下，扶了扶鼻梁上的镜框，又看了看正在吃东西的小雨，没吱声。虞澄没表态，我当然也不会表态。我确信，如果虞澄摇头否认，复婚的念头在我心里也许会占据上风，但如果她点头赞同，犹豫和拒绝则会主导我的意识。我们已没有选择，唯有一声叹息罢了。

我道出郝波的行踪，廖静捏紧衣角，一缕头发耷下来，遮住她的眼神。事后我才从虞澄那里得知，我们一吃完饭，廖静便连夜去了乌城，找到了郝波。两人说了些什么，后来郝波跟我只字未提，廖静回来后也只字未提，只是整个人都不好了，成天没魂儿似的，对谁都爱搭不理。

会议结束，我答应小雨，会经常来看她，便回了乌城。其时，小梅已离开餐厅，回乡下结婚去了，加上廖静僵尸幽魂的状态，虞澄忙里忙外，经常算错账，有些应付不来，甚至神情恍惚了。这样挨了一个多月，廖静开了光似的，忽然亮了起来。她到花店买了一盆海棠，放到虞澄的卧室里，然后把窗户打开，让阳光和新鲜的空气透进来。看廖静像一个出差已久归家的女主人拾掇着房间的样子，虞澄似乎变成了一个受委屈的孩子，无助地站在旁边。廖静把脏衣服拢到一块，把梳妆台上凌乱的物件摆放整齐，把扔得到处都是的玩具、吹风机、杯子一一复位。一切收拾停当，廖静坐回床沿，拍拍旁边的位置，示意虞澄坐过来。虞澄坐了过去，廖静揽抱住她的双肩，头枕她一侧的肩膀，闭目休息。阳光倾泻在她们身上，廖静看见一片闪亮的橙黄，是安静祥和的暖色。卧室里很安静，她们都能听见彼此细微的呼吸和心跳声。

很快到了秋天，廖静必须和李晨谈谈了。每天待在空荡荡的房子里，没有一丝人气，尽管这里的秋天一点儿也不冷，可廖静还是觉得很冷，那种孤单的冷。很多时间她都是一个人窝在沙发里，把玩着有些凉意的双手，或者把手举起来，在太阳下看它们，但是看着看着就厌烦了，双手无力地垂下，不知道要放在哪儿。

廖静要求李晨离婚，跟想象的一样，李晨一脸的无辜和不以为然。离婚，我为什么要离婚？廖静勒头笑了下，然后抬头注视着他说，因为我想和你结婚。李晨避开廖静的目光，装作没听见她的话，起身去找打火机，啪的一声点燃一支香烟。他挨廖静坐下，把烟嘴递到她的嘴唇边，廖静厌恶地躲开。他吻她，解她的衣扣，用动作消解着她想和他谈论的话题。

廖静不断在李晨耳边絮叨，不断地强调，李晨我想和你结婚，你离婚吧。廖静不知道自己说了多少遍，不厌其烦，令她自己都觉得厌烦。可每一次，李晨都设法避开，有时候他会一拍脑门，忽然想起什么似的说，差点儿忘了，公司有件很重要的事情还没处理，说着起身就走，逃也似的。廖静对着他开门的背影说，我知道你需要时间，可是你也得给我个期限。李晨停住了，怔在那里，欲言又止。有一次逃开时，李晨转过了身，看着廖静说，我以为你跟其他女人不一样，结果还是难免落入俗套。廖静鼻孔里发出一阵短促的气息。她抱着膀子，静静地看着李晨，直到对方被看得再次逃也似的离开。

廖静一个人被晾在空荡荡的房子里，好像一只无人问津的花瓶，花瓶里的水分越来越少，渐渐就要干涸了。

虞澄告诉廖静，郝波往她那儿打过两次电话，廖静急迫地问，那你怎么说的？虞澄吐了一口烟雾说，还能怎么说，当然说你不在我这儿呗！廖静皱起眉头，责怪虞澄不该这样回答他。虞澄笑了，那你想要我怎么回答，难道你要我告诉他，你正在和一个男人同居吗？廖静无话可说，只能装出一副心不在焉的样子，试图通过虞澄追问一些关于郝波的消息。虞澄说，我没问，也懒得问，我不大喜欢那个人。

廖静又来了一趟乌城，不过没有上次那么沮丧了，她是带着某种勇气和信念来的。结果还是一样，郝波要把房子钥匙给她，把一切都留给她，她拒绝，也拒绝在离婚协议书上签字，然后就哭着离开了。廖静如何不知，即便回到郝波身边，日子回到从前，同样乏善可陈，可是至少没有像现在这般虚浮。有些人和事，一旦出现过，就会像黥刑一样在你生命里烙下无法磨灭的印迹，有些则不然，貌似精彩，却也是浮光掠影。廖静常常想谁是自己的黥刑，谁又是浮光掠影，答案往往忽明忽暗。她清楚自己的忧伤和郝波无关，和虞澄无关，和李晨也无关，但好像和谁又都有关。她有些忍受不了了，就问李晨，我再问你一次，你离不离婚？对方看着她笑了，说看你的神情，好像做出了什么决定，是什么？

廖静说，你先回答我。

李晨说，我还是没法回答这个问题，没必要，我的意思是说，我们没必要在这个问题上纠缠不清。

廖静努力压抑着说，我不闹腾你，从来都是想心平气和地跟你说。

你没闹？你一次一次地要我离婚难道还不算闹吗？李晨说，你觉得怎样才算闹？廖静几乎哭喊起来。她无法想象那一刻的自己是多么脆弱又无耻。那一刻她丧失了对现实的判断力，一根钢条贯穿她的颈椎，让她无法向自己的行为低头、后退。她只能向前，力求从李晨那里讨回一个答案，尽管那个答案可能从来没有存在过，也没有任何意义。她疯了一样扑上去，撕扯李晨的衣服，还揪掉了一粒纽扣。李晨把她推倒在地，骂骂咧咧地走了。

39

从郝波那里，我知道了一件对他刺激很大的事情，那就是他目睹了张阳的死亡。

那是我转学离开郝波半年后的事情了，那年的深秋，眼看就要入冬了，寒风已从遥远的北方袭来，一场宣判大会开到了我们学校里。全体学生被集中到大操场上，黑压压的一片，冷风吹在脸上和手上，已经有了刀刮的感觉。一辆敞篷卡车从教学楼的一侧缓缓驶入跑道，向主席台滑去。人群一阵骚动，纷纷转头看向卡车，有的忍不住站起来，但很快就被老师制止了。坐好坐好，表情严肃的老师一边管束着躁动不安的学生，一边也忍不住看向卡车。

武警都背着枪，有几个先下了车，列出警戒队形。两个没下车的在后边压阵，让犯人们一个个从打开的后门往下跳，两个武警在地上接驳。犯人都被反剪着双臂，五花大绑，背后插着块木牌子，牌子上贴着一张白纸，上面用毛笔写着犯人的罪行和姓名，比如杀人犯 ×××。那名字又被红色墨水圈起来，打上一个大大的 × 号。

犯人们按顺序跳下车，动作不紧也不慢，令人惊奇的是居然没有人摔倒。大操场上变得鸦雀无声。事先校方既没说这是一场公判大会，也没说是一堂法制教育课，等到大家来到操场上，看见主席台上挂着的横幅，才似是而非地明白了点什么。郝波不知道这十多个犯人即将面临怎样的审判，但消息似乎已经走漏了，有知情的同学在台下小声嘀咕开来。信息像寒风一样无孔不入，很快大家都大约明白了，他们就要被拉到学校西边的野草地里枪毙掉，而且里面还有两个我们学校的学生，其中一个叫潘亮。潘亮大家都知道，个头不高，瘦瘦的，一双眼睛冷漠而又阴险。大家之所以更多地关注潘亮，还有一个原因，他爸爸是我们学校的体育老师。有不少学生四处寻找潘老师的身影，没发现他。还有一个就是张阳，许多同学不知道他，但郝波太知道了，他犯了强奸杀人罪，死有余辜。

犯人们站在审判台最前沿，一溜排开，队形还挺整齐。看他们的样子，好像没多大事情似的，表情漠然，看不出来有什么剧烈的情绪反应。潘亮和张阳后背插着的长条木板上，写着的都是杀人犯，他们的名字都圈上了红墨水，打上了 × 号。这是死亡的标志，那次以后郝波便记住了，以后每每在电视上或报纸上看到这样的情形，他便知道这个人要被枪毙了。

整个大操场上时而鸦雀无声，时而一阵骚动，骚动是大喇叭播出的犯人的犯罪经过和宣判结果引起的。起先几个犯人的罪案陈述，学生们听得还算仔细，但很快就没兴趣了。主要因为宣读的内容都是说明文，无非是某年某月某日，某某某干了什么事，手段极其残忍，社会影响极其恶劣，等等。十几个犯人一溜排开，每个人的宣判内容中，程式化的条款远远多于案情陈述，所以没什么吸引力。宣判官却要不厌其烦地念完这些，要不是因为天冷，加上到底有些刺激的情境，许多同学可能跟郝波一样，都会忍不住打哈欠了。只有说到犯人干了什么事情时，大家的表情和喉咙里才会发出异样的反应和声音。潘亮和张阳是共犯，他们合伙奸杀了我们学校隔壁纺纱厂的一个年轻女工，并且抛尸下水道，尸体的腐臭令镇子上的许多居民长时间都没法走出那可怕的气味。之后他们又一路向西逃跑，途中还劫杀了一名货车司机，是张阳下的手。听到这里郝波不禁寒毛倒竖，想起自己被张阳掐住脖子的那一次，不禁有些庆幸自己居然没被掐死。

宣判大会结束，郝波才弄明白，这只是行刑前的一次例行公事，对他们犯罪事实的取证、审判等工作，在这之前早已完成了，现在只是把他们集中起来，走个过场，顺带吓唬一下涉世未深的小毛孩子们。

戴着脚镣手铐的犯人们陆续走下主席台，回到卡车上。卡车开走了，郝波们被要求回教室继续上课，但是场面已经失控，几十上百个学生拥在卡车后边，要跟到刑场去看。老师大声呵斥，拖拽，总算有几个自觉地走出好奇的队伍，还有几个被拉出来。郝波被夹在人群中。他主要想去看看张阳的脑袋是如何开花的，甚至想把属于他的那颗子弹的弹壳捡回来作纪念。但他很快就为这个疯狂的想法后悔了，他有点儿害怕，想要退出来。可是被摩肩接踵的人群挟持着，他根本挤不出来。张阳站在卡车厢的后边，他有些轻蔑地看着车下的人群，还跟郝波对望了一眼。郝波有些生气，他有什么资格蔑视，可他的眼神就是轻蔑的，甚至有些不屑一顾，并且很快就把目光转向虚无的天空。这反倒坚定了郝波去观刑的决心。

到了刑场，人群被远远地隔离在黄河故道的边缘地带，警察则押着犯人向河道深处走去。郝波特别留意了下张阳的背影，他垂着头，步履缓慢，似乎对这人世还有无限眷恋。郝波忽然可怜起他来，对他的仇恨也顿时烟消云散。

河道早已荒废几十上百年，也不知道有多宽，反正这头是个村子，要走很长时间的路，才能到对岸的另一个村子。荒废的河道上自然没有水流，即便有一些坑洼处残留着一些积水，也是短暂的积雨，很快就会干涸。大片盐碱地种不了庄稼——这是地理老师说的，化学老师好像也讲过，所以这几里宽的河道只能任凭野草杂树生长。深秋季节，乔木都落叶了，没顶的蒿草全部变成枯黄的颜色。冷风吹过，野草连绵起伏，偶尔露出走向河道深处的人们的脑袋或背影。成群的麻雀或野鸟在风里翻飞，忽而又没入草丛。

要不是风的缘故，郝波几乎无法确认那一排枪声，沉闷模糊，甚至有些藏藏掖掖的感觉。秋风把枪声送到人们耳际，很快又送走，吹送到没有一丝云彩的天空，没留下任何痕迹。

由于现场警戒，郝波并没看到脑浆涂地的现场，包括张阳死后的样子。他踢了一脚松软的沙质地面，脚旁有一簇盛开的白花，像是在追忆或悼念什么。

40

虞澄有时候会对廖静的行为无端地怨恨，凭什么在自己面前摆出一副施舍的姿态，或者觉得欠了自己什么似的，廖静啊，我要的不是这个样子。想到这些虞澄就浑身发抖，手指夹不住一支香烟。有好几次，虞澄想象着自己跑进厨房，抓起明晃晃的菜刀冲出西餐厅，在大街上狂奔。虞澄想象着在大街上遇到了李晨，就冲上去，不由分说地将他砍倒在地，一直将他砍得支离破碎，再也没有一点儿声息。在虞澄的想象里，李晨已不知死了多少回。

虞澄去郊区进货，顺路去看廖静，一路上，虞澄满脑子都是李晨和廖静一起滚床单的镜头，浑身不禁瑟瑟发抖。她几乎没有勇气敲响廖静的房门，一次次爬上楼，又一次次逃也似的跑下来，再爬上去，再跑下来。廖静开门的时候，有些惊讶，问虞澄为什么会脸色煞白，毫无血色。见李晨不在，虞澄立即笑了，气色恢复正常。虞澄笑眯眯地看着廖静说，你看花眼了吧，你再看看，我有那样吗？

虞澄有些后悔欺骗了郝波，廖静本来就属于他的，自己有理由恨李晨，却没理由欺骗郝波。虞澄试探地问廖静，你介不介意我骗了郝波，没告诉他关于你的一切。廖静想了一会儿，又抬头看看虞澄，既不摇头，也不点头。不回答就是介意，但虞澄觉得她应该直截了当地告诉自己，廖静的沉默让她难以接受。廖静也问了一个虞澄根本无法回答的问题，她问虞澄介不介意她和李晨在一起。

这天一早，虞澄突然接到廖静的电话，对方一边说一边哭。虞澄努力压制住心底隐隐发作的喜悦，对她说，你考虑好了，是不是真的要离开李晨？虞澄多么担心她会反悔，或者说出那我再考虑考虑吧之类的话，幸运的是廖静说她已经考虑很久了，李晨是不会因她离婚的，他从来就没想过要娶她。虞澄装出一副淡然的样子说，那好吧，你收拾收拾，我去接你。廖静说不用了，我还要收拾收拾。虞澄说那也好，我等你。

虞澄放下电话，有些手足无措，站在原地愣了一会子，忽然麻利地打扫起房间，直到窗明几净为止。她把花瓶里的水倒掉，换上干净的自来水后，噌噌跑下楼，到隔壁花店买来一大束黄玫瑰。这是廖静喜爱的颜色。把黄玫瑰插进花瓶的时候，由于花瓶里的水太多，溢了出来，淌了一桌子。虞澄赶忙找来面纸擦抹。水已漫延到玻璃板的边缝，浸湿了玻璃板下的一张照片——是大学毕业刚回到羊城时照的。虞澄把照片抽出来，用纸擦了擦，照片上浸水的色块剥落下来，那张青春靓丽的面孔立即变得模糊难辨。虞澄怔住了，那是一张多么丑陋的脸，斑驳、狰狞，原来剥落的色块下掩盖着的都是一个人的不堪。虞澄坐到床沿，整个身体好像被一道魔咒击中了。

虞澄干脆让领班通知其他人今天不用来上班了，放假，她要去趟市中心的德基购物中心，去买一款兰蔻刚刚出品的新款香水，作为欢迎即将归来的廖静的礼物。锁店门的时候，一个男人来到虞澄身后，喊出她的名字。虞澄回头一看，是郝波。虞澄有些意外，但这也是意料之中的事。郝波还是那副混沌弥散的样子，看上去一个有模有样的男子，总缺点儿什么。虞澄把郝波让进店里，给他拿了瓶饮料，郝波将双肩包卸下来，放到椅子上，扫视了一番。

我们还没有办离婚手续，郝波对虞澄说。

虞澄点点头，表情突然也变得混沌弥散。

郝波显得很疲惫，他自嘲地笑了笑说，我是不是很老了，是不是显得很不开心？你看到的都不是假象，自从离开廖静后，我就再也没有开心过。我很后悔，第二天就折回了沙市，不想她已经离开了。我一直在责怪自己，责怪自己不该扔下廖静离去，甚至以为可以忘掉她，但是我发现爱上廖静能在一瞬间完成，但是要忘记她却不容易。第一次给你打电话，我就听出来了，你骗了我。我不怪你，要怪只能怪我自己。所以，我决定亲自来一趟，无论结果怎样，我想该结束了，我来羊城就是为了画个句号，句号前面的都该结束了，无论是一个人回去，还是和廖静一起回去。郝波机械地絮叨着，好像在自言自语。虞澄被他说得坐立不安，不知道接下来该如何做，只好岔开话题，反而向他打听李睿的情况，他过得还好吗，是否有新的女朋友？其实这些她都是知道的，他知道李睿就快要二婚了，对方是他们师母介绍的，她甚至知道李睿根本不爱对方，知道他作为交流学者，刚刚去了美国，要一年后才能回来。

虞澄带郝波来到阁楼，推开廖静的房间说，她在这里住过一阵子，后来就搬走了。郝波审视了一番，默默等待着虞澄的答案。

虞澄无奈，只好说，好吧，我这就带你去她那儿。

一放下电话，廖静就后悔了，后悔不该做出要回到西餐厅的决定。为什么还要回到虞澄那里，她们之间曾经绽放的鲜艳花瓣早已在时间的折磨下凋零，她被捆绑在愧疚不安的烙刑柱上，一次次挣扎，现在都懒得挣脱了。廖静呆呆地坐在床沿，看到衣柜镜子里的自己，那是一个多么软弱和疲倦的人，已经被拆解得七零八落，再也难以复原。廖静想到了郝波，忽然有种回乌城的冲动，也许回乌城可以复合这些年来的破碎。可是她找不到回去的理由。

路上，虞澄脑子里一片空白，思维完全短路，车子开得慢悠悠的，却好几回差点儿闯了红灯。原先心头燃起的鲜活，却因郝波的出现奄奄一息。她预感到自己和廖静之间的隐匿之歌已经来到尾声，再无复调的可能。

廖静来到街上，直奔郊区的一家农业信用社。街上乱糟糟的，像她此刻的心情。她把存款悉数取出来，拣条小路回家。这段路大概有一里多远，路两边是菜畦，青菜的气息让廖静感觉舒畅了些。她深深呼吸了几口新鲜空气，抬头看看天空正在爬升的太阳，心里逐渐明亮起来。走了一半路程，一阵哇哇的哭声钻进廖静的耳朵。在这不算荒郊的荒郊，那哭声听起来太过于刺耳，令她毛骨悚然。她的腿有些发抖。她拐下小路，来到哭声发出的源头，看见一片青菜丛中的红布包裹。廖静的呼吸几乎凝固，她弯腰抱起青菜丛中的红布包裹，双手颤抖着解开包裹上的绳带，一个赤身裸体的婴儿呈现在眼前，四脚乱蹬，泪流不止，声嘶力竭的哭声像一块块砖头，砸着她的耳膜。看着眼前的情景，廖静浑身筛糠似的发抖。她慌乱地看看四周，没有一个人影，她把婴儿重新包好，放到路边显眼的地方，逃也似的向回跑。

廖静冲到洗脸台前，空呕了一阵子，什么也没吐出来，眼泪倒憋出不少。廖静打开水龙头，用手捧着水冲洗流泪的脸。廖静终于忍不住哭出声来，一边哭一边拼命地捧水洗脸。哗啦啦的水流淹没着廖静的哭声，湍急的流水，却抵挡不住汹涌的眼泪。她放弃了，看着镜子里水迹斑斑的自己，受到惊吓似的冲出洗手间，快速从高处取下皮箱，逃亡般地收拾着自己的衣物，胡乱扔进去。啪的一声，皮箱盖合上了，廖静双手支撑在皮箱盖上，气喘吁吁。她用袖子抹了一把脸上的水迹和泪痕，拎起挎包和皮箱，居然不觉得沉。

在马路边拦出租车的空隙，廖静掏出手机拨通110，说出了那个婴儿的位置。一辆出租车驶过来，廖静招了招手，出租车缓缓停到她跟前。廖静合上手机，将皮箱塞进车里，有些吃力。司机问廖静去哪里，廖静说，师傅您好，我去机场。

41

郝波所在的定林寺，在乌城以北三十里外的山林里，山叫乌帽山，绵延百里。山下有湖，岸边有栈道、凉亭。山上的泉水和顺坡而下的雨水都汇集到湖里，湖水一年四季乌青而肥沃。在这样的地方活着，倒也不失为一个好的去处。

就在乌城，在乌帽山，我和郝波一直活到老死。此后的几十年间，我们经常见面，基本上定在星期二。每次见面，都是我去他的山房，这家伙懒得很，从来不愿意应约来我城里的住处，直到我要先行死去的那个夜晚，他才终于肯下山来到我身边，守着我死去。

见面的时候，他会让随修的弟子点上一炉熏香，泡上两杯他亲手烘制的岩茶。这茶恰恰是我们两人都喜欢的，有时我就笑他，老东西——老了以后我都是这么称呼他，虽然显得暧昧甚至狎昵，但我觉得亲切。我说，这茶的香气就像一个风韵少妇，你为什么会喜欢这样的茶呢！郝波似乎充耳不闻，我知道，他的听力好着呢，然而他只顾摆上棋局。我们见一次面可以不说一句话，甚至见很多面也不说一句话。很多时候，语言总是多余的东西。

到了钟点我就走了，如果棋局才进行了一半甚至一小半，就摆在那儿，等我下次去时再下，下不完就再下次。我们最长的一盘棋下了三个月，他最得意的随修弟子阿四说，那简直可以申请吉尼斯世界纪录了，结果被郝波重重地揍了三条尺，并罚他到山洞里面壁三日。这之间我给阿四求情，郝波看都不看我一眼，只顾看我们面前的棋局。那局棋下了三个月，其间我们也没说过几句话。郝波因为喜欢吃腌黄豆，会经常放屁，我就笑话他。郝波正襟危坐，只是捻动着手里的棋子，发出咯咯的响声。最后定输赢的那天，郝波输后呱叽拍了一巴掌自己的光脑袋，嘴里还嘀咕了一句民间的俚语。

每次去郝波那里，我都是悄悄地出行，到了半山腰的山房，都是让司机把车子停进山房右侧的车库里，回去时从边门开出。这件事情我没和任何外人说过，也绝不允许家人向他人提及。这是我和郝波不经意的盟约，不需要任何口头言明，就像我们一生的交往平淡无奇，却又那么隐匿而且讳莫如深一样。

时间来到我的末日，这已经是几十年后的事情了，一笔带过即可。

郝波下山了，来到我的住所，几十年来，这还是他第一次走进我的房子。老家伙依然硬朗，精神矍铄，看样子还能活不少年。我不禁自嘲地笑了。我这一辈子，治愈患者的数量犹如天上的繁星，却有两个人成为我一生的心病和块垒。这两人，一个是郝波，一个是虞澄。然而他们在岁月的沉淀下，终究自愈了，所以我是失败的，可笑的失败，但也为他们快慰不已。

像往常一样，我们仍然没多聊什么，我们成年后的所有交谈，只要简单的几页纸就能记录殆尽。这个时候，我倒是有几分不舍，倒是想郝波能唠点儿什么的，可是他什么也没说。我微微一笑，指了指桌上的刻录盘，又指了指在隔壁房间陪我的子女聊天的学生，郝波就明白了。那是我退休后所有的学术记录，有零散的笔记、语音、视频文件等等，我已答应把这些遗赠给最后一个学生，供他做一些资料使用。

静静地坐在房间里，一人一把竹编靠背扶手椅，我和郝波都靠在椅背上，双手搭着扶手。窗外的春兰想必开得正盛，一股钻透肉体的香气缓缓袭来。房间里没有开灯，安静至极，甚至能听见那香气在微风中的轻吟。

夜晚的湿气有些浓，仿佛有一道微弱的闪电照亮了我弥留之际的视野，在这模糊难辨的视野里，我看见一些非常简单的东西，首先是坐如盘钟的郝波，他眼角居然滚出两行树脂般的老泪，接着是虞澄年轻时漂亮的面孔，她的微笑伴随着我的记忆，和闪电一起消逝。

月光泻进半掩的门，门内坐着的两个人各有一半照在月光里，另一半隐在黑暗中，就像我们的一生，总有一半隐匿在黑暗中……

2023.04.10 四稿